ハヤカワ文庫 SF
〈SF2359〉

宇宙英雄ローダン・シリーズ〈660〉

銀河ギャンブラー

ペーター・グリーゼ＆K・H・シェール
嶋田洋一訳

早川書房
8781

PERRY RHODAN

KONFERENZ DER KRIEGER

TOSTAN, DER SPIELER

by

Peter Griese

K. H. Scheer

Translated by

Yooichi Shimada

First published 2022 in Japan by

HAYAKAWA PUBLISHING, INC.

This book is published in Japan by

arrangement with

PABEL-MOEWIG VERLAG KG

through JAPAN UNI AGENCY, INC., TOKYO.

目次

銀河ギャンブラー

戦士会議

ペーター・グリーゼ

登場人物

ロワ・ダントン……………………ローダンの息子

ロナルド・テケナー………………あばたの男

イジャルコル
ペリフォル
スーフー
……………………永遠の戦士

ロットラー…………………………エルファード人。スーフーの側近

ライニシュ…………………………侏儒のガヴロン人。ハトゥアタノのリーダー

ラウクス……………………………ハトゥアタノのメンバー

スロルグ……………………………プテルス

1　コンタクトと急報の混乱

永遠の女戦士スーフーの助言者にして側近のロットラーから、わがレディへ（二重暗号化）

パルカクァル銀河の〝エメラルドの鍵衛星〟、およびウルムバル銀河の〝陽光好きな黄金雨降らし〟に関する任務は完了しました。レディと直接会って報告するためスーフー銀河に帰還する前に、お知らせしておきたいことがらがあります。

お疑いの段はもっともです。

噂は戦士ムッコルやシャルクの支配地域でも耳にしました。明らかな動揺が見てとれます。ムッコルに核心的な質問をぶつけてみると、はっきりした反応がありました。質問には答えず、わたしを宮殿から追いだすよう衛兵に命じたのです。かれはとまどっていました。強い疑念をいだいているようです。戦士シャルクの家臣からも、似たようなあつかいを受けたもの。わたしを近よらせようともしませんでした。レディのお考えどおり、エスタルトゥはもうここにはいないようです。

追記。この噂の出どころは明らかです。

すべてがネットウォーカーをさししめしています。

＊

エルファード人ロットラーの個人日記（単純暗号化）

この特別任務の最初に出会ったネットウォーカーの名前は、念のため伏せておく。わたしにとって、あの異人との邂逅《かいこう》が決定的な契機となったのはまちがいない。なにかがおかしいという疑念は、たぶん無意識的に感じていたと思う。だが、まさか法典ガスのせいだとは考えもしなかった。

そのネットウォーカーは、わたしと長時間話し合ったあと、抗法典分子血清のアンプルを手わたしてきた。疑念を克服してようやくその最初のサンプルを使用したとき、わたしは目をまるくした。そこではじめて、ネットウォーカーも自分の正体を明かした。正直なところ、それまでわたしはあの組織をほんとうには信用していなかった。かれはそのことを笑い飛ばし、それもまた、わたしがずっと影響を受けてきた法典ガスのせいだと断言した。

いまのわたしは定期的に抗法典分子血清を投与されている。ネットウォーカーは敵の領域内に味方を得たのだ。それもただの下《した》っ端《ぱ》ではなく、わたしはスーフーの側近にして助言者だ。わたしが女戦士にとってどれほど重要な存在なのかは、わたしに託された使命を見れば明らかだった。

とはいえ、レディに送った暗号文の内容はあらゆる点で真実だ。戦士ムッコルとシャルクの支配領域では、水面下で不穏な動きがある。原因はひとつの噂だった。〝エスタルトゥはもうここにはいない！〟そんな噂が上層部のあいだでささやかれていた。

わたしも調査を通じて、この噂の拡散にひと役買っている。そのせいで正体が露見しないよう、充分に注意しなくてはならない。

スーフー銀河にいる女戦士スーフーのもとに帰還する前に、ダータバル銀河を再訪し、戦士クロヴォルに拝謁することにした。かれの家臣団と話をして、噂に関するあらたな事実を伝えることにする。まだ知られていないところに噂の種を蒔《ま》くのだ。ダータバル銀河の〝カリュブディスのセイレーン〟になど割《さ》く時間はない。エスタルトゥの十二の奇蹟について、わたしの見方はすっかり変化していた。

＊

シルラガル銀河の戦士ナスチョルからムジャッジ銀河の戦士トレイシーに宛てた私信

（平文。《イシアルス》のロボット使者部隊が伝達）

ムジャッジの〝閃光のダナイス〟に、〝歌い踊るモジュールの輪舞〟から挨拶を！

話がある！　個人的に！

前回と同じ場所で。

二標準日後に。

イジャルコルに関する情報がある！

＊

戦士グランジカルの旗艦《ゴッカス》からエレンディラ銀河の戦士カルマーの旗艦《モロアス》へ（三重暗号化、特殊コードあり）

カルマーへ！　この文書は《モロアス》に帰還後、ただちに読んでもらいたい。おおいに悩んでいる。

悩みの種はふたつだ。

〝エスタルトゥはもうここにはいない〟という噂がますますひろまっている。まるで疫病のように。法典に反する噂だ。恐れているのは、それが真実だったり、敵がひろめていたりする可能性があるということ。

もう一点はイジャルコルに関することだ。知ってのとおり、かれは十六標準年前に惑星エトゥスタルを訪れたことになっているが、わたしは疑わしいと思っている。イジャルコルはこの行動と、エスタルトゥによる再調整を受けたことで、おおいに名声を高めた。かれのイメージは向上したが、どうにも気にいらない。われわれをだましたとはいわないが、問題の噂はかれの主張と矛盾する。

このことははっきりさせておく必要があるだろう。具体的な行動にうつる前に、きみと話をしておきたい。

連絡を待っている、カルマー！

（グランジカルの紋章）

＊

法典守護者エペントロスから戦士イジャルコルへの定期報告（テレポートによる送付、干渉防御・段階B）

〝エスタルトゥの噂〟案件の報告が増えています。ハトゥアタノの代表者が確認しました。

同様の報告は間接的に、アブサンタ＝ゴムとエレンディラからも入ってきています。

＊

宇宙監視ステーション・トロヴェヌールX2から戦士ヤルンの旗艦《ヤダウス》へ

案件四二一三
分類FG5（破損した暗号化メッセージ）
送信者　不明
宛先　アブサンタ＝シャド銀河の戦士アヤンネーまたはその全権代理人
解読ずみテキスト（第一の断片）
「……イジャルコルだ。かれはエスタルトゥのもとにいたはず。なぜゴリムの噂を全力で否定しないのか？　きみが知らないなら、アヤンネー、だれが知っているはずがある？　いずれにせよ、わたしはただちに要請を……」
解読ずみテキスト（第二の断片）
「……ソト＝ティグ・イアンからとされるメッセージがすぐにとどくはず。この問題には特別な意味があるにちがいない。エスタルトゥの噂と直接関係があるかどうかはともかく、最高レベルの調査が必要だ。イジャルコルの名声に疑問を投げかけるだけではたりない。かれ自身が行動しなくては！　できれば……」
解読ずみテキスト（第三の断片）
「……ペリフォルがようやくスタートしたときには、もう手遅れかもしれないからだ。決定には戦士全員が賛成しなくては意味がない。ムウン銀河にいるわたしの観測者は、大規模艦隊の移動を報告してきている。そこから考えると……」

注記　これ以外のテキストの断片は未解読です。

（中央アーカイヴの副次刻印）

署名　トロヴェヌールX2ステーション指揮官キロポル

＊

かれらが出会ったのはパルカクァル銀河とダータバル銀河のあいだの虚無空間だった。エルファード人ロットラーは自分の宇宙船とネットウォーカーの宇宙船をドッキングさせ、エアロックを通って異人の船に乗りこんだ。思ったとおり、相手は法典ガスの過剰摂取の影響下にあったかれを、抗法典分子血清によって目ざめさせた者ではなかった。

女戦士スーフーの側近は相手に名前をたずねなかった。どうでもいいことだから。この組織ではほんとうに重要なことしか語られないのを、ロットラーは理解していた。それ以外のことを口にすると、知らず知らず秘密を洩らしてしまう危険があるので。

そのネットウォーカー……ロットラーはそれが女だという印象を受けた……は、新しい抗法典分子血清を持参していた。ていねいに梱包された薬瓶がかれのために用意されている。

かれが引きわたすのは、前回ネットウォーカーと出会ったあとで収集した大量の情報すべてだ。

　これで取引は完了したことになる。

　次の会合の場所と時間を決める。ロットラーはそのデータをいっさい記録せず、記憶するだけにとどめた。技術的な記録をのこすと、露見する危険があるから。

「もうひとつ伝えておくことがある」ネットウォーカーがいった。「あなたが知っておくべきことよ、友ロットラー」

「聞こう」と、エルファード人。

「重要人物がふたり、シオム星系に向かっているの。われわれの組織に属してはいないけど、どちらもわれわれと同じ目的のために戦っている」

　相手はそこで言葉を切った。

「シオム星系はイジャルコルの勢力範囲だ」ロットラーが口をはさんだ。「シオム・ソム銀河はわたしがスーフーの任務で通る道筋に入っていない」

「それはわかってる、ロットラー」ネットウォーカーが指さしたスクリーンには、かれには即座に理解できないシンボルや記号が表示されていた。「でも、シオム・ソム銀河に飛ぶ機会はあるはず。スーフーのところにもどったあと、あなたが自分でコースを設定できるかもしれない。計算結果をまとめたデータをわたしておくわ。すべて推測にすぎないけど、結果は高い蓋然性をしめしている。読み終わったら、いつもどおり処分しておいて。〝オルフェウス迷宮〟を脱出し、恩赦をもとめてイジャルコルのもとを訪れようとしている男ふたりについての情報は、なにも入っていないわ」

「できるだけのことはしよう」ロットラーはそういって、情報バンクをポケットにおさめた。

「ふたりの名前はロワ・ダントンとロナルド・テケナーよ」と、ネットウォーカー。

エルファード人は軽く挨拶をして立ち去った。

＊

戦士カルマーから戦士グランジカルへ（公開文書）

きみからの連絡には笑ってしまった。もちろん、エスタルトゥはここにいる。わたしはつねに、自分のなかにその存在を感じている。

一方、きみの懸念はもっともだ。噂がひろがっているのは事実だから。なんとかしなくてはならない。

イジャルコルは無条件で信用できる。だれかが提案して、全戦士が一堂に会し、ばかげた噂をエスタルトゥから一掃するよう、決議するのがいいかもしれない。力押しだけではだめだろう。強力な証拠にもとづくカウンター・キャンペーンが必要だと、以前から思っていた。

戦士の集合場所として、惑星ナガトを提案する。すばらしい至福のリングを持つ、しずかで美しい世界だ。

返事を待っている！

エスタルトゥ万歳！

(カルマーの二重署名)

＊

二隻の宇宙船がシルラガル銀河……テラの銀河カタログではNGC4579……のはるか外縁で邂逅した。外観は瓜ふたつだ。十本の指がある直径四百メートルの円盤で、中央に高さ百メートルの司令塔がそびえている。

遠大な距離を隔てても、ムジャッジ銀河からきた船が戦士トレイシーの旗艦《イシアルス》だとわかった。ムジャッジ銀河から両戦士の秘密の会合ポジションまでの遠距離を翔破するのに要した時間は、四分の一標準日程度でしかない。

相手の艦から識別インパルスが発信された。戦士ナスチョルは当然、かれの旗艦《ヌオロス》に乗っている。この会合はかれが提案したものだから。トレイシーはその提案を受け入れた側だ。

かんたんな意見交換のあと、両艦の〝指〟が一本はなれる。搭載艇がスタートし、本来の目的地に向かった。宇宙空間を漂う、主星を持たないちいさな惑星だ。ナスチョルとトレイシーはそこを〝ケルテリト＝オル〟と命名していた。ソタルク語で〝だれもが知っている場所〟という意味だ。これはいささか皮肉な命名だった。現実は名前と正反対だったから。

搭載艇はならんで洞窟迷宮に入り、地表から七キロメートルの深さにある開けた場所に着陸した。両戦士が通常の姿で降り立つ。トレイシーが照明を点灯し、ナスチョルはケルテリト＝オルのロボット監視システムを作動させた。

「きたぞ！」トレイシーがもうひとりの戦士に、いささか勢いこんで挨拶した。

「エスタルトゥ万歳」ナスチョルが見るからに冷静に応じる。「エスタルトゥはほんとうに生きているのだろうか？」

「噂を信じるとしても、そうだ」ムジャッジ銀河の〝閃光のダナイス〟の支配者は、骨張った脚をたたんで地面にしゃがみこんだ。「噂の内容は、エスタルトゥはもう〝ここにはいない〟というだけ。一時的にべつの場所にいるのかもしれない。エスタルトゥがもう存在しないとはいっていないのだから」

「確証が必要だ」ナスチョルも戦士としての威厳を捨て、ケルテリト＝オルの洞窟迷宮の土埃《つちぼこり》のなかにしゃがみこんだ。

「確証が必要だ」トレイシーがおうむがえしにいう。「それを持っている者はひとりしかいない」

「イジャルコルだな！」

「もちろん、イジャルコルだ。かれは十六標準年ほど前に、最後にエスタルトゥと接触している」

「本人がそういっているだけだ！」と、ナスチョル。「ひどいいい方かもしれないが、考えずにはいられない」

「なにを？」

「問題があってね。わたしは生涯に一度だけ、エトゥスタルに行ったことがあるはずなのだが」

「ああ」トレイシーはぶっきらぼうなものいいが気にいっているらしい。「それで？」

「思いだせないのだ。それが問題ということ。法典はわたしに考えることをもとめ、実際、考えてはいる。自分自身のことも。集中力を高める訓練をやり、法典中毒にもなった。昔の記録も掘りかえした。だが、なにもない！　エスタルトゥに関する具体的な記憶は存在しなかった。エトゥスタルで超越知性体に出会った記憶も」

「それは超越知性体の意志だろう」トレイシーがばかにするように歯を鳴らす。「わたしなら、そんなことを心配したりはしない。きみのしていることは、ナスチョル、法典に違反する行為だ」

「それならイジャルコルの行為もだろう！」と、シルラガル銀河の戦士。「われわれに嘘をついているのだから！」

「証拠はあるか？」

ナスチョルは跳ねるように立ちあがり、おちつきなく歩きまわった。やがていきなり足をとめ、トレイシーに向きなおる。

「イジャルコルに対する判断を誤っているかもしれない。だが、それなら、かれがわたしに証明すべきだ」

「なんのために？」トレイシーは強力な歯を食いしばった。「なにかを主張するなら、証拠をしめすのは当然だろう。それをイジャルコルにもとめるのは筋違いだ」

「われわれになにができると思う？」ナスチョルは意図的に話題を変えた。

「わたしならイジャルコルをうまくあつかえる」と、トレイシー。「閃光のダナイスの苦役をあたえなくとも、かれを特定の方向に誘導できると思う」

「どんな方向に？」

「エスタルトゥはいまもここにいるという証拠をかれが持ってくるのが、噂を打ち消す方法としては最適だろう。これできみの望みも叶《かな》うか？」

「もちろんだ！」ナスチョルは叫んだ。「それがいい！　やっとはっきりする。では、わたしは《ヌオロス》にもどる。また連絡をとり合おう」

「エスタルトゥにかけて！」トレイシーも立ちあがった。「また連絡する。イジャルコルのことについても」

＊

旗艦《フォリンス》艦内の戦士ペリフォルから、シオム星系の衛星イジャルコル上の永遠の戦士イジャルコルの宮殿へ
アブサンタ＝ゴム銀河の戦士グランジカルへのメッセージ
アブサンタ＝シャド銀河の戦士アヤンネーへのメッセージ
（一重の標準暗号化。二度転送。要受信確認）
わたしはきわめて重要な任務のため、今後しばらく手がはなせなくなる。まもなくエスタルトゥの力の集合体から長期間はなれることになるだろう。べつの場所で重要な任務につくことになるから。
だが、心配ごとがある。決着を見ないまま、ムウン銀河をはなれたくないのだ。いまわしい噂がひろがりつづけている。〝エスタルトゥはもうここにはいない〟という噂だ。きみたちも聞いたことがあるはず。
いまこそ、このいまわしい噂をたたきつぶすべき時だ。この噂に終止符を打てる者はイジャルコルしかいないと、わたしは確信している。

時間はかぎられている。

＊

ロットラーの個人日記の記録（二重暗号化）、**ネットウォーカーの情報伝達者にも同時送信**（特殊暗号化、許可なく読みだされた場合は自動消去）

予想どおりの反応だ。わたしが情報バンクから知ったことが強調されている。ダータバル銀河でも、パルカクァル銀河やウルムバル銀河と同じような混乱が生じている。注目すべきは、戦士に忠誠を誓う種族のあいだで、エスタルトゥの噂がほとんど知られていないことだろう。だが、上位の指導層のあいだではかなり問題視されている。

思ったとおり、戦士クロヴォルはわたしに会うのを拒否した。家臣たちがいうには、戦士はもっと重要な用件で忙しいとのこと。当然、家臣団にもたずねてみた。

クロヴォルの儀典長は饒舌《じょうぜつ》な男だった。名前はツヴァグル。かれはこちらの非難に反応した。わたしはこういったのだ。

「なるほど！　〝エスタルトゥはもうここにはいない〟ということを、戦士クロヴォルは知っていたのか。そしていま、そのことで悩んでいる」

ツヴァグルは目に邪悪な光を浮かべて周囲を見わたすと、だれも立ち聞きしていないことを確認し、わたしを宮殿警備室の隣りの小部屋に引っ張りこんだ。そこでの会話を再現してみよう。

音声クリスタルの記録内容を引用する。

ツヴァグル「ここならじゃまされずに話ができる、スーフーからきた親愛なる友。エスタルトゥについてなにを知っている？　スーフーはどこまで承知しているのだ？　超越知性体がもういないというのはほんとうなのか？」

わたし「もう〝ここには〟いないと聞いた。わたしの理解では、自身の力の集合体のなかにはいないということだと思う」

ツヴァグル「ばかな！　正直に話してもらってかまわない。わたしの口はソムの墓のようにかたいから。とぼけてもむだだ。証拠をつかんだ異人がいて、あいにく見せてはもらえなかったが、話は信じられるものだった。エスタルトゥはもう長年、ここにはいない。ほかのどこかにいるにしても、同じことだ。ここにはいないのだから！」

わたし「長年というと、十年？　二十年？」

ツヴァグル「五千年、もしかすると五万年だ」

わたし「信じられないな」

ツヴァグル「ほんとうなのだ！　クロヴォルの記録をのぞいてみた。かれも疑問に感じていたようだ。超越知性体と出会ったことを思いだせないのだから！　わたしにとっては、それが証拠だ！　かれはエスタルトゥに会ったことがない」

わたし「会っていなくてはいけないのか、法典不忠者？」
ツヴァグル「そんな呼び方はするな！　二度とだ！」
わたし「ま、いいだろう。わたしはパルカクァル銀河にも、ウルムバル銀河にも行ってみた。そこの者たちはとっくに、エスタルトゥがもうここにはいないことを知っていた。だが、それはわたしの問題ではない。わたしはスーフーからの挨拶を永遠の戦士クロヴォルにとどけるよう指示されただけだ」
ツヴァグル「挨拶はもう伝えた。その件は忘れていい！　たいしたことではない。そこらじゅうに不安が蔓延しているのを、エスタルトゥがもうここにはいないのを、感じないのか？　どうなんだ？　もしかすると……」
わたし「さえぎって申しわけないが、ツヴァグル、そんないまわしい話はこれ以上聞きたくない」
ツヴァグル「ムウン銀河のペリフォルがなにか計画しているという話は聞いたか？　艦隊を編成しているらしい。もちろん知っているはず。なにをする気なのだろう？　そのことをわたしの戦士に報告したなら……」
わたし「すまないが、ツヴァグル、その話はまったく知らない。もう行くぞ。わたしはここをはなれたら聞いた話をすべて忘れてしまうが、それはとても幸運なことだと思っておけ」

（音声クリスタルの再生終了）

法典忠誠者はおちつかないようすだった。その点は疑いない。わたしが訪れた三つの銀河では、状況はそれぞれ異なるものの、原因はどれも同じだった。ネットウォーカーがひろめた噂だ。

わたしは噂の真実性を疑ったりしなかった。法典ガスの影響から脱してしまえば、〝エスタルトゥ〟というのはたんなる言葉にすぎない。内実をともなわない名前というだけだ。

これからスーフー銀河に帰還する。収集した情報をネットウォーカーに引きわたせるといいのだが。次の段階も、すでに精神的には準備できている。スーフーはいろいろな点で、わたしの言葉に耳を貸すだろう。イジャルコルの領域におもむく任務を、なんとしても手に入れなくてはならない。

正確にいうなら、目的地はネットウォーカーの友ふたりが向かうはずのシオム星系だ。前回のコンタクトでもらった情報バンクの内容から見て、希望は持てそうだった。

＊

永遠の戦士イジャルコルより、旗艦《ソムバス》内から急報。場所、シオム・ソム銀河、シオム星系

エスタルトゥの戦士たちの支配領域およびそれぞれの旗艦に二重中継

（受信者のみが解読可能な特殊暗号）

受信者

トロヴェヌール銀河、旗艦《ヤダウス》、戦士ヤルン
アブサンタ＝ゴム銀河、旗艦《ゴッカス》、戦士グランジカル
アブサンタ＝シャド銀河、旗艦《アンナス》、戦士アヤンネー
スーフー銀河、旗艦《ウファルス》、女戦士スーフー
シルラガル銀河、旗艦《ヌオロス》、戦士ナスチョル
ムジャッジ銀河、旗艦《イシアルス》、戦士トレイシー
エレンディラ銀河、旗艦《モロアス》、戦士カルマー
ダータバル銀河、旗艦《ロッコス》、戦士クロヴォル
ウルムバル銀河、旗艦《シェグケス》、戦士シャルク
パルカクァル銀河、旗艦《クルダス》、戦士ムッコル
ムウン銀河、旗艦《フォリンス》、戦士ペリフォル

1　状況

・エスタルトゥに関する悪い噂が重大な不安を惹起《じやつき》している。

・調査したところ、噂は意図的に流布《るふ》されているらしい。
・もうひとつの不安材料は、わたし自身のことだ。わたしがエスタルトゥと出会ったことが疑問視されている。
・ムウン銀河である種の活動が見られると報告があり、これを明確にする必要がある。

2　結論

・敵であるゴリムすなわちネットウォーカーが、われわれの秩序を不安定化させている元凶である。
・この騒動にはただちに対処しなくてはならない。
・ペリフォルは目的不明の艦隊を編成していることにつき、説明する責任がある。
・エスタルトゥがここにいることは、わたし自身が証明する。

3　対応

・永遠の戦士全員による会議を三標準日にわたり開催する。開催地にはシオム星系の衛星イジャルコルにあるわたしの住居を提案する。シオム・ソム銀河の〝紋章の門〟を開いておく。わたしがみずから王の門できみたちを出迎えるつもりだ。
・ぜひきてくれ！　法典に忠実な開かれた心をもって。そうすればわれわれ全員で、いまわしい敵とどう戦うか、協議できるはず。

イジャルコルはきみたちの同意と訪問を待っている。

（シオム・ソム銀河の紋章の門の支配者の印章）

＊

ほかの永遠の戦士たち十一名からの反応は、一標準日を待たずに返ってきた。九名は即座にイジャルコルに同意した。

戦士カルマーは開催地の変更をもとめた。エレンディラ銀河の未開惑星ナガトでの開催を希望したのだ。ただ、ナガトには快適な施設も、戦士の登場にふさわしい華麗な情景も存在しないため、会場の変更は評決により拒否された。

カルマーは評決を受け入れ、譲歩した。

スーフーからはなかなか回答がなかった。イジャルコルには、〝怒れる従軍商人の女支配者〟から返答がない理由がわからなかったが、スーフーは助言者ロットラーの帰還を待っていたのだ。

ロットラーが帰還して、惑星ソムの衛星イジャルコルでの会議について、最後の確認がとれた。

戦士会議の準備がはじまった。

2　豪華さと口論

シオム星系の惑星ソムにある王の門は、その大きさと美しさが印象的な建造物だった。シオム・ソム銀河で最大の、もっとも重要な紋章の門である。

基部は六本の突起で構成され、先端はそれぞれ、ほかから四キロメートルはなれている。黄金色に輝く金属製の頂点がかこんでいるのは、千五百メートルの高さにそそり立つ六角形の建造物だ。その六角形の中心から四角柱の塔が五百メートルの高さにそびえ、その頂上には建築学上の奇蹟、逆さになったピラミッドが鎮座している。

全高三キロメートルにおよぶこの巨大複合施設は、どの部分をとってもきっちりと均衡がとれていた。はるか遠くから見ると、建築家が風景のなかに輝く王冠を置いたような印象を受ける。それは黒っぽい燃え殻のような色合いの周囲の家々の頭上で、独特の輝きをはなっていた。

逆ピラミッドの四つの側面では、三角形のなかに三本の矢印を配した第三の道の紋章が、刻々と色を変えながら輝いている。

この日、この六角形の施設では、通常の通行がすべて禁止された。ソム人たちはなにか特別なことが起きるのを感じていた。噂によれば、かれらの戦士イジャルコル本人が王の門に滞在しているらしい。その証拠に、戦士の旗艦がこの数時間で何度も、紋章の門のすぐ近くで目撃されていた。もっとも、強大な旗艦《ソムバス》さえ、王の門の前ではかすんで見える。

王の門はさまざまな点で独特な存在だった。この門だけが、シオム・ソム銀河に二千ほどあるすべての紋章の門と接続することができるのだ。さらには百十五万光年はなれた、アブサンタ＝ゴム銀河とアブサンタ＝シャド銀河の重複ゾーンとのあいだで、人員や物資をやりとりできる。超越知性体エスタルトゥの居所である暗黒空間のもっとも近くに位置しているのが王の門だった。

シオム星系には六個の惑星があり、そのすべてに多少なりとも居住者がいる。最内惑星アルスは灼熱地獄だが資源が豊富で、その採掘のため、人工的に居住環境がととのえられていた。

第二惑星のソムはソム人の故郷世界だ。いまではほとんどのソム人が第三惑星のソマトリに住み、惑星ソムは引退者の世界になっている。戦士イジャルコルに仕えて義務をはたした鳥類の末裔《まつえい》たちが、そこで人生の終焉を迎えるのだ。

惑星ソムの半分は巨大な墓地で、そこに英雄の墓所、記念碑、慰霊碑、火葬場、葬儀場などが併設されている。そのすべてが引退者たちの居住区と調和して、閉鎖的なユニットを構成していた。

いま、そうした建造物や施設は薄明のなかに横たわっている。紋章の門だけが無数の強力な投光器の光を受け、輝きをはなっていた。

テレポート・システムもほぼ全面的に休止中だ。王の門には星系内のテレポート設備の管制センターが置かれているが、惑星ソマトリとのあいだの常時接続はとぎれ、第四惑星ウプクラド、第五惑星タラシュ、第六惑星ルハンとのあいだの接続は考慮さえされていなかった。これら三惑星には護衛部隊と法典顧問と法典守護者のためのウパニシャド学校が存在するが、往来は断ち切られている。これから起きることは、だれにもじゃまされるわけにはいかなかったから。

惑星ソムにはふたつの衛星、キュリオとイジャルコルがある。ふだんなら王の門とのあいだのテレポート接続がとぎれることはないが、いまはキュリオとのあいだの接続は切られていた。つながっているのは永遠の戦士がその支配の座を置く衛星イジャルコルだけだ。ただ、王の門の近くでなりゆきを見守っている引退者たちは、そのことを知らなかった。

夜になると、ソムの空に色とりどりの光景がひろがった。先端が第三の道のシンボルになった輝くらせんから、ぼんやりした人物の姿が形成されていく。ぜんぶで十二名だ。

紋章の門の中央塔からファンファーレが鳴りひびき、周囲数キロメートルへと伝わっていった。

ソムのメディアはこの映像と音声を、シオム星系の最奥の地にまで中継した。

十二名のうちの一名が具体的なかたちをとりはじめる。夜空に巨大なホログラムが浮かびあがった。永遠の戦士イジャルコル！

ソム人たちにはその意味するところがわかっていた。戦士がこの世界を訪れ、紋章の門に滞在しているということ。

次々とべつのプロジェクションが出現する。戦士の輜重《しちょう》隊の宇宙船だ。それが王の門をとりかこんでいく。壮麗だが、どこかわざとらしい感じがあった。

突然、メディアの中継する映像が変化した。解説はひかえめだ。解説者にもまだ、なにが起きているのかはっきりわからないのだろう。

シオム・ソム銀河の辺縁、凪《なぎ》ゾーンの向こうに、数隻の宇宙船と大規模な艦隊があらわれた。うち一隻はイジャルコルの有名な旗艦に似ているが、《モロアス》という艦名が見える。

見ていた者たちもようやく気づいた。

《モロアス》はエレンディラ銀河の戦士カルマーの旗艦だ。カルマーがイジャルコルを訪問しようとしている。解説者たちはそれがどれほど重要な光景なのかを理解していた。

二名の戦士が顔を合わせようとしている！　それもすぐに、次の興奮にのみこまれてしまう。

興奮がシオム星系内を駆けめぐった。だが、それもすぐに、次の興奮にのみこまれてしまう。


王の門の上のホログラム・プロジェクションが戦士カルマーの姿になった。イジャルコルとの違いはわずかだ。

ただ、そこにはほかにも十名のぼやけた姿があり、その周囲で光と音が渦巻きつづけている。

王の門の中央塔が二度、短く光った。さらにふたつの影が具体的なかたちをとる。アブサンタ＝ゴム銀河の戦士グランジカルと、アブサンタ＝シャド銀河の戦士アヤンネーだ。

ソムでもっとも大胆な解説者たちは、引退者たちが息をのむような予想を口にした。学校惑星ウプクラド、タラシュ、ルハンのウパニシャド学校にいる多数の生徒たちもまた、その予想に驚倒した。

エスタルトゥの戦士たち十二名が全員、シオム星系に集合しようとしているのではないか。それぞれがかなり大きな艦隊を引き連れている。多くは紋章の門を通過し、衛星イジャルコルに向かっていた。

真夜中近くになると、影のようだったプロジェクションはすべて鮮明な映像に変わっていた。最後に到着したのは唯一の女戦士、スーフーだった。

シオム星系は忘れることのできない光景を目《ま》のあたりにした。

やがて宇宙船の映像が消えていき、夜空にうつしだされたほかのプロジェクションも次々と消滅した。音楽の響きも聞こえなくなる。

解説者たちも、ソム人の引退者たちも、その意味を正しく理解した。永遠の戦士たちがイジャルコルの宮殿に入ったのだ。

この会議の目的はだれにもわからなかったので、大々的な推理合戦がはじまった。ただ、ひとつだけはっきりしていることがあった。

とてつもないことが起きようとしている。

＊

イジャルコルの指導的な役割はほかの十一名の戦士たちすべてが問題なく認めている。だからこそかれの呼びかけに応え、多大な費用をかけてシオム星系にやってきたのだ。

イジャルコルの名声の根拠はただひとつ、かれが惑星エトゥスタルにおもむき、エスタルトゥ自身の手で〝再調整〟されたことにある。もう十六年も前のことだが、その威光は衰えていなかった。とはいえ、疑念ものこる。イジャルコルのエトゥスタル滞在は、エスタルトゥがその力の集合体のなかにいることの証明と考えられていた。一方、数カ月前から流れはじめた噂はそれを否定している。

精神的な葛藤が生じるのは必然だった。

イジャルコルは黄金色に波打つローブを身にまとい、遠方からやってきた戦士たちを王の門に迎え入れた。九十九名の廷臣たちは主人よりも多少ひかえめな服装だ。見たところソム人らしいが、ぴくりとも動かない視線は、ロボットではないかと疑いたくなるほどだった。

イジャルコルの胸にはエスタルトゥのシンボルが輝いている。

門の受け入れプラットフォーム六つのあいだの通廊はホログラムの壁で仕切られていた。広大なホールにはしずかな、気分のおちつく音が流れている。

グランジカルとアヤンネーがほぼ同時にホールに入ったときには、すでに最初の騒動が起きていた。アブサンタ＝ゴム銀河の戦士の一側近がイジャルコルに文句をいっている。グランジカルはすねたように、無言でうしろにひかえていた。

「全員に同じ権利が認められるべきです」ヘビを思わせる側近が興奮したようすで、色鮮やかな旗を打ち振っている。

イジャルコルの随行員二名がかれに近づき、旗をもぎとった。

「苦情は開会後に聞く」イジャルコルが軽く怒りをふくんだ口調でいう。「そのとき、きみの主人に話をさせるがいい」

「わたしはその主人の代理として話しています」と、グランジカルの側近。「アヤンネーの随行員の数が、わが戦士の随行員よりも多いのは納得できません。また、グランジカルにしめされた光の道は、アヤンネーのものよりせまいように思えます」

「くだらん」と、イジャルコル。「われわれ、そんな些事《さじ》を議論するために集まったのではない」

「もちろん、もっと重要な話はあるでしょう」ヘビに似た側近が反論する。「ですが、些事もおろそかにはできません。見張りからの報告によると、一戦士がシオム星系の近くに大規模な艦隊を集結させているとのこと。二万隻以上の大艦隊です。これは外交上の合意に反する行為にほかなりません。わが戦士は早急な説明をもとめます」

「グランジカル！」イジャルコルはホール全体に響きわたる大声をはなった。「このうるさいのを退出させろ。さもないと、わたしが処分するぞ。大艦隊はこの会合の一環だ。会議は王の門ではなく、わたしの支配の座で開催される」

アヤンネーの随行員の一団が近づいてきた。四肢の生命体三体が、割りあてられた領域の光の仕切りを通過する。体軀《たいく》がもっとも大きい一体が代表して声をあげた。

「ツジといいます」よく響く低い声だ。「アヤンネーは随行員を、よぶんに連れてきたロボット一体なら減らしてもいいといっています。またアヤンネーは、自分の待機場所のほうがわずかにせまいとグランジカルが思うなら、場所を交換してもいいとのことです。ペリフォルの大規模艦隊についても、アヤンネーは不快に思っていません。議事日程の初日に、グランジカルがその不作法な態度について叱責されるとわかっていますから。戦士たちはきっと、グランジカルが法典に違反したと判断することでしょう」

第三のプラットフォームに一エルファード人が実体化した。イジャルコルはそれがスーフーの先触れだという報告を受けた。エルファード人はその場に立ったまま、ことのなりゆきを見守っている。

「もう一度だけいう」イジャルコルの大音声《だいおんじょう》がホールに響きわたった。「ここは動議を提出する場でも、採決する場でもない。それぞれに割りあてられた場所で、ほかの戦士たちの到着を待つのだ」

どこからともなくエネルギー障壁が出現し、頭に血がのぼった者たちを押しもどした。イジャルコルはそのまま障壁を維持する。戦士カルマーが多数の随行員とともに到着した。

カルマーは大股でイジャルコルに近づき、かれを抱きしめようとした。そこでエネルギー障壁に気づき、たじろいだようすになる。

「これはなんだ、友イジャルコル？」カルマーは叫んだ。「われわれ、囚人なのか？」

「まさか」イジャルコルは歯噛みした。ミスをおかしたと気づいたのだ。「予防処置にすぎない。すぐに解除する」

重武装したエルファード人がゆっくりと近づいてきた。ロットラーと名乗り、女戦士スーフーの助言者にして側近と自己紹介する。

「エスタルトゥの力の集合体で起きている騒ぎが強大な戦士たちにまで波及したようですな」と、挨拶抜きでいう。「スーフーがこれを見たら、ここにこようとはしないでしょう。わたしは状況を観察してくるようといわれました。あなたたちも、エスタルトゥはもうここにはいないと思っているのですか」

「黙れ！」と、イジャルコル。「進行に問題はないのだから。いささか興奮するのも無理はない。いずれ十二名の戦士が顔をそろえる。こんな機会は二度とないだろう」

エルファード人は無言で、イジャルコルの部下に指定された場所に引っこんだ。

ウルムバル銀河の戦士シャルクにつづき、ペリフォルの到着が告げられた。イジャルコルはこれがあらたな火種になると承知していた。ムウン銀河の〝番人の失われた贈り物〟の支配者は、凪ゾーンの向こうから大艦隊をひきいてきていたから。

イジャルコルは計画を変更することにした。本来は集まった戦士全員でかれの住居に移動するつもりだった。テレポートの準備もすんでいる。

「友たち！」イジャルコルはなだめるような声を出した。「到着が遅れる者もいるようなので、先に衛星イジャルコルに移動してはどうだろうか。わたしの支配の座に、きみたちと随行員たちの部屋を用意してある。わたしの法典守護者が案内する」

グランジカルのヘビに似た側近は反対しようとしたが、転送ビームがすでにかれの戦士と随行員たちをとらえていた。かれらはすぐに衛星イジャルコルに転送された。アヤンネーとカルマーはすなおにしたがう。

「わたしは女戦士の到着までのこります！」エルファード人ロットラーが大声で叫んだ。「わたしをイジャルコルに転送したら、スーフーは姿を見せないでしょう」

イジャルコルは理解をしめした。

外部ではメディアや見物人に向けて、ホログラムが戦士たちの団結と友情を演出した。戦士十二名が王の門に集まり、いっせいに衛星イジャルコルに移動したように見せかけたのだ。

一方、内部ではひそかな葛藤が沸き立っていた。イジャルコルはそれを感じとる。スーフーの頑固な助言者を厄介ばらいしようとしたら、よけいなリスクを背負いこむことになるだろう。

ほかの戦士たちも数時間のうちに到着した。イジャルコルはかんたんな挨拶だけで、戦士と随行員をかれの居住地に転送した。特別な要望や動議や異論は会議で話し合うといって、徹底的に拒絶した。そのため、永遠の戦士たちのいらだちが解消されることはなかった。

最後は真夜中近くに到着した女戦士スーフーだった。彼女は身分にふさわしい華麗さをほとんど放棄していた。連れているのはさらに二名のエルファード人と、飾り気のない三体のロボットだけだ。

スーフーはまずロットラーに状況をたずねたが、内容はイジャルコルの耳にはとどかなかった。そのあと女戦士は同僚に向きなおった。

「ひとつ質問がある。その答えに満足したら、あなたの住居に転送してもらおう」

「会議に関することなら、あしたまで待ってもらいたい」イジャルコルが冷静に応じる。

「待てない！」

「わかった、聞こう、スーフー」

「エトゥスタルに行ってきたそうだが、それはほんとうか？」

「ああ、行ってきた」

「法典に違背して、わたしに嘘をついたりはしないな？」

「当然だ」

「あなたはエトゥスタルに行ってきた。エスタルトゥはまだそこにいたのか？」

「いたとも、スーフー。だが、この核心的な質問に詳細に答えるのは、会議の席上とすべきだろう。いまはこれ以上、話すつもりはない。ほかの戦士たちは全員、すでにわたしの宮殿にいる。きみがここで引きかえしたら、それこそ法典に違背することになる」

スーフーはちらりとロットラーに目を向けたが、イジャルコルにはロットラーがなにか反応を見せたようには思えなかった。

「では、わたしを衛星イジャルコルに」女戦士がいった。

＊

ロットラーはなりゆきに満足していた。スーフーはかれにふた心があることを知らない。むしろ女戦士はかれをきわめて高く評価している。

エルファード人には専用のひと部屋が用意されていた。スーフーがメイド・ロボット二体とともにいる部屋のすぐ隣りだ。イジャルコルの宮殿は贅をつくしたつくりだった。

イジャルコルがみずからの名前を冠した衛星にある永遠の戦士の住居は、王の門を忠実に再現していた。もちろんこれは外観と色彩だけの話で、全体の規模や内装は異なっている。宮殿はもっとも高い部分で五百メートルを超える程度、オリジナルの王の門の五分の一くらいの大きさだった。

ロットラーは記録装置のかくし場所を探した。ネットウォーカーにわたすメモやデータが入ったちいさく平たい箱は、かれの唯一の弱点だ。もちろん、見るべきではない者に発見されても……通常なら……内容を読まれる心配はない。一定の手順を踏まないと、完全に破壊されるから。とはいえ、外見だけで情報バンクとわかるので、疑念を持たれてしまうだろう。

この二日間の観察結果と決断を記録するのはあきらめた。いまはイジャルコルがかれの支配の座のすべての部屋をひそかに監視していることを計算に入れなくてはならない。記録装置は衛生カプセルの下半分にかくしてあるので、すぐに見えるところに置いてあるわけではなかった。ロットラーは多目的衛生室の備品棚をかくし場所に選んだ。ここならそうそう見つからないだろう。

休もうとしていると、重装防具の信号受信機が音をたてた。スーフーが呼んでいる。かれは確認センサーを押し、スーフーの部屋に向かった。

女戦士は金糸をあしらった豪奢なシートにすわり、期待のこもった目をかれに向けた。

「いくつか推測してみた」彼女はそういいながら、エルファード人がゆったりと腰をおろせる、かたむいた皿状のシートをしめした。「戦士たちのあいだにはとげとげしい雰囲気がある。わたしも不安をおぼえている。だが、そのことはだれにも知られるわけにはいかない。法典に反することになるから」

「わかります」ロットラーはひかえめに答えた。

「わたしの推測はある方向をさししめしているが、戦略がまだかたまらない。イジャルコルはわれわれになにかをもとめていて、こちらもかれになにかをもとめている」

「結局、全員が同じゴールをめざしているのでしょう」と、エルファード人。「〝エスタルトゥはもうここにはいない〟という噂に、終止符を打たなくてはなりませんから」

「わたしの見方は異なる」と、女戦士。「わたしはエスタルトゥがもうここにはいないのかどうかを知りたい。考え方が微妙に違うのだ」

ロットラーは黙っていた。レディの言葉を歓迎していることはおくびにも出さない。

「イジャルコルはより多くをもとめている」スーフーは先をつづけた。「わたしはそれにそなえなくてはならない。かれは立場を強化したいはず。この会議でエスタルトゥの存在に関する疑念を一掃し、さらに力を強めたいと思っているだろう。ペリフォルが艦隊をひきいてなにを狙っているのかも知りたいはず。情報が錯綜しているから。また、近いうちに次の〝生命ゲーム〟もはじまる。そのことにも口を出したいと思っているにちがいない」

この話はロットラーも初耳だった。友のネットウォーカーたちからも、なにも聞いていない。

「わたしを部屋まで案内したソム人が、戦士会議の開始時刻を教えてくれました」ロットラーは話題を変えた。「計画を立てるにしても、もう時間がありません、レディ」

「そうだな。なんとか一石二鳥といきたいのだが」

「一石二鳥？」と、女戦士の助言者。「つまり、エスタルトゥがまだここにいるのかどうかを確定させ、同時にイジャルコルがこれ以上の名声を得ないようにするということですか？」

「そのとおりだ」

「一見すると相《あ》いいれない目的ですが」ロットラーが立ちあがると、かたむいたシートは自動的に折りたたまれた。「レディがわたしの考えに興味を持つかどうか」

「自由に発言しなさい、ロットラー。おまえはわたしの助言者だろう」

「ペリフォルの計画については、安っぽいショーか、あなたが興味を持つまでもないことか、どちらかだと思います。さらにいえば、次の生命ゲームをだれが、いつ、どこで開くのかについても、無関心を貫いてかまいません。まずはスーフー銀河の安定をとりもどすことです。また、イジャルコルとの交流は絶つべきでしょう」

「なんと、わが友！」女戦士は跳ねるように立ちあがった。「なんということを。自分がなにをいっているか、わかっていないのだろう」

「よくわかっています、レディ」エルファード人はおちついている。「いい方が悪かったかもしれません。ほかの戦士に対して積極的な行動をとらないということです。外交上の駆け引きでイジャルコルを一時的に排斥し、あなたがさっきいったように、一石二鳥を狙うということ」

「好奇心をそそられるな」

「エスタルトゥに関する噂から生じた猜疑《さいぎ》心をあおるのです。もちろん、対象は戦士たちだけで、随行員はふくみません。戦士たちは多かれすくなかれ不安をいだいています。

カルマーはべつかもしれませんが。かれは猪突猛進型ですから。ペリフォルにも、あまり注意を向けないほうがいいでしょう。明らかになにかべつの計画を持っていて、われわれにはまだ、それがなんなのかわかっていません。のこる戦士たちのなかから六名を味方につければいいわけです。それでイジャルコルを圧倒できます。会議で過半数を占めればいいのですから」

「そこまではよくわかった、ロットラー。だが、おまえはなにかまったく違うことをいおうとしていたのではないか？」

「いつもながらたいした洞察力です、レディ」エルファード人が媚《こ》びるようにいう。「〝エスタルトゥ〟が議題にあがったら、イジャルコルに反論を浴びせるのです。エトゥスタルでどこに滞在したのか、突っこんでたずねてください。もしもエスタルトゥがもうここにいないなら、必然的に矛盾が生じます。イジャルコルが深みにはまったら、わたしも加勢します。あなたに警告するというかたちで。戦士たちの議論が沸騰したところで、あなたが要求を出すのです」

「どんな要求を？　話せ！」

「イジャルコルは証拠を見せなくてはなりません。ですが、証拠はここにはない。だからもう一度エトゥスタルに行き、証拠をとってきて、開示するよう要求するのです。これでイジャルコルとの交流を絶つことができ、あなたがもとめる透明性も確保できます。

ゴリムによる噂の拡散を阻止するには、どうしても証拠が必要です。その証拠は明確に開示されなくてはならない。エスタルトゥの存在を疑う者が、だれでも確認できるものでなくては」

「感謝する、ロットラー。わたしの考えを完全に具体化してくれた」

エルファード人は話が終わったのを感じた。かれは無言で一揖《いちゆう》し、永遠の女戦士の部屋をあとにした。

3　心情の吐露と解決策の欠如

議場はイジャルコルの宮殿の地下施設内にあった。この日のために特別に用意された部屋だ。

部屋は十三角形で、直径が四十二メートルあった。十三ある側壁の一面が入口になり、のこる十二面には中心に面した透明な開口部のある小部屋がしつらえられている。幅はどれも十メートルで、各戦士がそれぞれひとつの小部屋を随行員とともに占有した。

高価なはめ板張りのホールの中央には会議テーブルが置かれている。これもまた十三角形で、一辺をのぞいた十二辺は内向きにゆるやかなカーブを描いて、円の四分の一の切れこみが入っている。一辺の長さは五メートルだ。それぞれの切れこみには三脚のシートがそなわっていた。事実上どんな形状にも変化できる自動調整シートだ。シート三脚のうち中央のひとつはほかよりもやや大きく豪華で、そこに永遠の戦士たちが着席する。

各戦士は助言者を一名帯同でき、その者は戦士の左のシートにすわる。右の席にはさまざまな道具をあつかうロボットが着席した。

助言者とロボットの帯同は義務ではないが、かれらの補助がなかったら、戦士たちだけではどうにもならない。

小部屋のなかの席とはインターカムでつながっていて、シートは戦士が部下の顔を見られるように配置されていた。

ホールの中央には球形に近い多面体が吊りさげられている。水平に十二面がならび、一面に三つのスクリーンが各戦士に割りあてられていた。ふたつのスクリーンは好きなように使えるが、その上のひとつは会議の進行専用だ。この多面体には単純なマイクロフォン・リングから、戦士の旗艦での直接制御まで、あらゆる種類の伝送システムが統合されていた。

予定ではまず、助言者全員が小部屋のシートに着席し、そのあと戦士たちが入室することになっている。ファンファーレが戦士の入室を告げ、ホールの照明が暗くなった。

最後のロボットが急いでホールから小部屋に入ると、そのうしろで音もなく、床から扉が迫《せ》りあがった。これで会議の準備は完了だ。

イジャルコルが老ソム人とともに、最初に姿をあらわした。一歩遅れて、かれの技術ロボットがつづく。ドーム天井から響く声が戦士と同伴者の名前を告げた。ホログラムの光がかれらの小部屋をしめす。

ほかの戦士たちも次々と姿を見せた。そのたびに入室の儀式がくりかえされる。同時にそれぞれが支配する銀河の音楽が流れた。

最後に女戦士スーフーが、雷鳴のようなドラムのビートと不協和音のなか、ホールに入ってきた。同行するのはエルファード人のロットラーと、飾り気のないロボットのウファラス＝一四四だ。名前から見て、スーフーの旗艦《ウファルス》の所属だろう。ドーム天井から響く未知の話し手の声が、戦士に同行しているロボットすべてが操作フィールドのあつかいに慣れていることをあらためて確認し、司会をイジャルコルに引き継いだ。イジャルコルはゆっくりと立ちあがり、全員を見わたした。

　その態度にはためらいがちな、不安げなものが感じられたが、いざ話しはじめると、その声は力強く明瞭だった。

「戦士たちに挨拶を。呼びかけに応じてくれて感謝する。エスタルトゥの名において、心からの挨拶と感謝を送る。きみたちの懸念や疑問については、わたしもそれを理解し、共有している。エスタルトゥの法典にのっとって議事日程に入る前に、これだけはいっておきたかった」

一拍おいて、集まった者たちに視線を向ける。数名の戦士が助言者になにかささやいているが、イジャルコルの言葉に拍手したり、歓声をあげたりする者はいなかった。

「法典には公平性も定められている」イジャルコルは言葉を継いだ。「法典に忠実な者たちのあいだの公平性が。これはわれわれ全員にあてはまる。いまさらこんなことをいうのは、われわれの共通の使命を思いだしてもらいたいからだ」

ふたたび言葉を切る。冷静な沈黙がかれを迎えた。

「この公平性がエスタルトゥの教えから導かれるものであることはわかっているはず」

イジャルコルはまた言葉を切り、とほうにくれた表情をちらりと見せた。

「ヒヤ、ヒヤ！」スーフーが声をあげた。「わたしがここにきたのは、あなたと同じくほかのだれもがよく知っていることについて、講義を聞くためではない。公平性がどうこうと、空疎な言葉はどうでもいい。さっさと本題に入ったらどうだ」

女戦士の言葉がイジャルコルをいらだたせることはなかった。むしろ反応があってほっとしているようだ。議論がなかなか進まないのではないかと思いはじめていたのだろう。それでも戦士たちのあまりに遠慮がちな態度はかれを不安にさせた。

スーフーのあからさまな非難には直接触れず、先をつづける。

「まず、議事日程を決める必要がある。議論すべき問題のリストをつくり、全員で決議するのだ。議事日程は議長の指揮で決めることになる。法典の一般的な要請にしたがい、ここでも単純過半数が適用される。法典によれば、議題を決定する前に、議長を選出しなくてはならない。この投票は最優先だ。全員、知っていると思うが」

「そんな話をいつまでつづけるつもりか！」スーフーがあからさまに不快感をしめして

いった。「あなたはばかげた話をくりかえし、自分を見失っている。われわれを見くだし、自分がなにをもとめているのかもわからなくなっているのだ。わたしが王の門に到着したときにした質問を、またくりかえすことになる」

「きみたちを愚弄《ぐろう》するつもりはない」イジャルコルは譲歩した。

「自分を愚弄しているだけだな」番人の失われた贈り物の支配者、ペリフォルが、悪意に満ちた笑い声をあげた。「核心をはずした話ばかりしているのだから。きみがすべきなのは、議長の立候補者を募ることだ」

「そんなことはわかっている！」イジャルコルはすこしわれを忘れかけた。

「ま、おちつけ」ペリフォルは自信に満ちている。「議題に関しては、きみがいったとおりだ。まず議長を選ばなくてはならない。わたしはスーフーを推薦する。場の影響を受けていないようだから……わたしの次に、だが」

「興味がない」女戦士は言下にそういい、全員が驚いたことに、こうつづけた。「わたしはイジャルコルを推薦する」

シオム・ソム銀河の支配者は巧みに驚きをかくした。

「ほかに推薦は？」その口調は、まるでだれかが口をはさむのを恐れているかのようだった。

「ああ、ここに」カルマーがいった。「自分を推薦する。全員、疑念をいだいているような印象だからな。強い指導力のある者が必要だ。さもないと、この会議が無意味なものになってしまう」

「ほかには？」イジャルコルは自制をとりもどしていた。数秒待って、先をつづける。「議長候補としてカルマーとイジャルコルが指名された。これより無記名投票にうつる。ロボットに指示して、両候補者の名前が点灯するようコードキイを押させてもらいたい」

「自分で押してもかまわないか？」スーフーが手をあげてたずねる。ロットラーがなにかささやき、彼女は手をおろした。

「もちろんだ」イジャルコルが不本意そうに答える。「では、投票を！」

数秒後、頭上のスクリーンに結果が表示された。イジャルコルとカルマーが四票ずつ。四名の戦士が棄権していた。

「この結果からも、噂が引き起こした不安がよくわかります」ロットラーがレディにささやいた。

「法典によれば、こういう場合は公開討論のあと、あらためて投票することになっている」と、イジャルコル。「自分の投票についてコメントを述べる者はいるか？」

戦士たちはだれも口を開かない！

同行者たちも同様だった。ロットラーはなにかいおうとしたが、スーフーが手振りでやめさせた。

「コメントなしだな」と、カルマー。「その場合、ただちに投票にうつることになる。反対意見は？　わたしの旗艦《モロアス》から、スタート準備が完了したとの信号が入った。必要なら、わたしはいつでもエレンディラ銀河にもどれる」

「ただちに再投票にうつるかどうかの投票を提案する」ペリフォルがいった。

「きみにそんな提案をする資格があるのかどうか、まず投票で決めることを提案する」アヤンネーがかれを嘲笑した。「ばかげた茶番だ。きみたちは自分で自分のじゃまをしていることがわからないのか？　共通の議題に対する不安が大きすぎて、どうでもいい議論に時間を費《つい》やそうとしているのか？　つまらない形式主義で、自分自身を窒息させたいのか？」

返事はなかった。氷のような沈黙がふたたびその場をおおう。戦士たちが助言者とかわす小声の会話では、その静けさを破ることなどできなかった。

「再投票だ」イジャルコルがいった。場所を提供しているだけのかれに決める資格があるのかどうかは疑問だったが、反対する者はいないと考えたようだ。実際、そのとおりだった。

二度めの結果は怪しげなものだった。イジャルコルがふたたび四票、カルマーが三票、棄権が五票。カルマー票が一票、棄権にまわったのだ。

結果が表示されると、スーフーが大笑いした。

「これでわたしが議長に決まった」と、イジャルコル。

トレイシーとナスチョルが大声で抗議する。

「四票では過半数とはいえないぞ、イジャルコル」ペリフォルも加勢した。「カルマーが三票しかとれなかったとはいえ、きみは七票が必要だ！」

イジャルコルは困惑した。ふたたび腰をおろし、しばらく黙りこむ。戦士たちがたがいに話し合っていると、力強いゴングの音が響き、イジャルコルがあらためて立ちあがった。

「わたしは立候補を撤回する。これで理性的に議論を開始できるだろう。次の投票への道が開かれたということ」

「では、わたしも立候補を撤回する」カルマーが満足そうにいう。「いい投票ができそうだ。議長の候補がいないのだから」

「エスタルトゥの法典に立ちかえる必要がありそうだな」アヤンネーはおちついていた。

「法典は忠誠心以上のものをもとめていて、われわれ全員、その義務を負っている。棄権した者たちは、すでに法典に違背しているということ。議長に立候補しないのも、やはり法典冒瀆《ぼうとく》に当たる。だれもが議長になれるし、だれもが投票しなくてはならない。さもないと、エスタルトゥの報復がその身に降りかかるだろう」

「わたしが思うに」スーフーが皮肉っぽく声をあげる。「エスタルトゥはもうここにはいない。だとしたら、どうなる？」

「それもまた、許しがたい冒瀆だ」と、アヤンネー。「だが、その話は手続きが終わってからにしよう。再度の投票を！」

その言葉の影響は絶大だった。全員が無言で賛同する。

三度めの投票は意外な結果となった。イジャルコルが十票、カルマーとアヤンネーが各一票。結論ははっきりしていた。シオム・ソム銀河の支配者、この宮殿に戦士たちを呼び集めた者が議長となった。

＊

苦労してのろのろとはじまった戦士会議は、その後もぎくしゃくと進んでいった。イジャルコルは議事日程づくりのため、努力どころではなく、苦闘していた。かれの助言者は、会議の目的とは直接関係のない些事のため、何度も時間を浪費させられた。

グランジカルは王の門に到着したさいの、不公平と思えるあつかいの説明を要求した。アヤンネーに対する譴責《けんせき》をもとめたのだ。

パルカクァル銀河のムッコルは同行者の宿泊施設について不満を口にした。

カルマーは会議の即時終了を主張したが、根拠を説明できなかった。投票で負けた譴責の腹いせだったのかもしれない。

ダータバル銀河のクロヴォルは廷臣と相談したいといって、会議の一時中断を要求した。

オルフェウス迷宮の永遠の監視者ヤルンはイジャルコル選出の正当性に疑問を呈し、議長選出投票が適切に実施されたことを検証する調査委員会の設置を主張して、全員の怒りを買った。

スーフーはしばらく黙っていたものの、やがて決定的なひと言をはなった。

「わたしがシオム・ソム銀河にやってきたのは、エスタルトゥがまだここにいるのかどうかをはっきりさせるためだ」彼女はロットラーがこっそり手わたした、文字で埋まったフォリオを読みあげた。「そもそもまだ存在しているのかどうかを。われわれの支配領域を疫病のように襲っている噂のことは、だれもが知っているはず。議事日程が確定できないなら、たとえこの件が議事リストに載っていなくても、イジャルコルに直接たずねたい。あなたはエトゥスタルに行ったことがあるという。そこにエスタルトゥはいたのか？　はっきりした答えを聞かないかぎり、わたしは帰還できない」

イジャルコルが機転を利かせて答える。

「これで議事リストの最初の項目が決まったな。エスタルトゥの存在を疑問視するこの噂を最初にだれがいいだしたのか、調査しなくてはならない。噂の拡散をとめ、発信者を処罰するための処置をとる必要がある。ほかに提案はあるか？」

かれの言葉は戦士たちの考えの核心を突いていて、全員が同意をしめした。自分たちの要求の無意味さに気づいた者もいたようだ。グランジカルが最初に声をあげた。

「噂が間違いだと証明されるなら、アヤンネーに対する処罰の要求はとりさげる」

「わたしもこの件を議事日程に載せることを支持する」ウルムバル銀河の〝陽光好きな黄金雨降らし〟の支配者、シャルクが口をはさんだ。「ただ、冒瀆的な噂の調査だけでは不充分だ。なぜペリフォルが巨大艦隊をひきいているのか、それでなにをするつもりなのか、知っておきたい」

「たしかに！」と、カルマー。「わたしは最近、情報の憂慮すべき欠落に気づいた。惑星マルダカアンの監視者からの報告によると、まもなく新しい生命ゲームがはじまるが、その準備はなにもなされていないとのこと。なにか法典に忠実ではない、秘密の出来ごとが進行している可能性がある。そのことも明らかにされるべきだ」

ムッコルとシャルクとクロヴォルは〝至福のリング〟の支配者に自発的に賛同した。イジャルコルは見るからにほっとしたようすだ。ロットラーはレディに耳打ちした。

「イジャルコルがよろこんでいます。エスタルトゥに関する噂はかれにもっとも大きな影響をあたえたということ。あなたがその危険な議題を持ちだしましたが、ほかのことも議題になって、ほっとしているんでしょう」

スーフーは助言者に親しげな視線を向け、エルファード人は口を閉じた。イジャルコルがまた話しだしたから。

「ここまでの努力の結果、三つの議題がはっきりした。議長として、これを議事日程に組みこみ、あらためて確認したい。

第一。エスタルトゥに関する噂について議論し、対応を決める。第二。次の生命ゲームの開催時期を明確にする。第三。秘密めかした行動について、ペリフォルに充分に説明させる。この順序で議論したい」

反対意見はなかった。イジャルコルはほかに議題はないかたずね、戦士たちは〝ない〟と答えた。

「これで最初のハードルはこえた」と、イジャルコル。「目的ははっきりしている。相談もあるだろうから、休憩を入れるにはちょうどいい頃合いだろう。議論と決断のための時間は充分にある」

「きみにはな」と、ペリフォル。「きみは時間を必要としている。わたしには時間がない。全員、わかっているはず。最初のふたつの議題に長々と時間をかけて引きのばすようなら、わたしはなんの説明もせず、自分の艦隊とともにスタートする」

「待て！」スーフーが鋭く叫んだ。「あなたのためでもあるのだ、ペリフォル」

イジャルコルは会議の再開時刻を告げた。

会場のホールを出た戦士たちは助言者や部下たちとだけ話をし、たがいに声をかけることはなかった。

ロットラーは満足をおぼえたが、それを表には出さない。

かれの頭にあるのはネットウォーカーの協力者だというふたりのことだった。かれらについては、まだなにもわかっていない。

＊

カルマーとスーフーが時間までにもどってこなかったため、会議の再開は遅延した。かれらの助言者も姿を見せない。イジャルコルは休憩の延長を宣言した。

ようやくカルマーがホールにもどってきた。悪態をつきながらどたどたとホログラムの光にしたがって席に着き、スーフーの姿がないことに気づくと、ようやくおちつきをとりもどす。

イジャルコルはかれにあからさまな疑いの目を向けていたが、疑念は間違いだったと気づき、表情をゆるめる。カルマーがスーフーと会っていたと思ったのだ。

「女戦士はどこだ?」シオム・ソム銀河の紋章の門の支配者が皮肉っぽくいう。「彼女は最初から遅参してきた。またしてもこれだ。スーフーを待たずに再開することを提案する」

沈黙がひろがり、ほかの戦士たちがスーフーの排除に反対しているとわかる。

やがてようやく、女戦士の助言者がもどってきた。スーフーもそれにつづく。彼女は遅刻を詫びたが、理由は述べなかった。イジャルコルは女戦士が不安をあおるため、わざとそんな行動をとったと結論した。

「第一の議題に入る」スーフー銀河の女支配者が席につくと、イジャルコルは声を張りあげた。「われわれの支配領域内で、しばらく前から邪悪な噂が流れている。この噂はなんとしても根絶しなくては……」

「わたしの質問に答えてもらいたい」スーフーがいきなり割りこんだ。「すでに二度、質問したが、明確な答えを避けているようだな。イジャルコル、あなたの答えはわれわれの未来の鍵であり、決定的に重要だ。だから、もう一度質問をくりかえす。あなたはエトゥスタルを訪れたといった。超越知性体エスタルトゥの故郷を。噂は〝エスタルトゥはもうここにはいない〟といっている。エスタルトゥはいたのか、いなかったのか？言を左右せず、はっきりと答えてもらいたい！」

「わたしはエスタルトゥとともにいた」イジャルコルは断言した。「その存在を見て、吸いこんで、力づけられた。存在を疑うのは冒瀆以外のなにものでもない。これで満足か？　噂をどうやって根絶するかという話にうつってもいいかね？」

「まだだ！」スーフー銀河の怒れる従軍商人の女支配者は立ちあがった。「わたしは満足していない。いま聞いたのはすべて空疎な言葉にすぎない。証拠がないから空疎なのだ。わたしやほかの戦士たちをごまかすことはできない。証拠を要求する。証拠はあるのか？」

「永遠の戦士の言葉ではたりないというのか？」

「それ以上のものが必要だ、イジャルコル。あなたや、あなたの言葉以上のものが。この質問に対する答えは、われわれの存在の根幹を揺るがしかねないもの。それゆえ、言葉だけではたりない。あなたはエスタルトゥを見たといっているわけだ。知ってのとおり、われわれ全員、エスタルトゥの具体的な姿を記憶していない。あなたはおぼえているのか？　エスタルトゥの姿を描写できるのか？」

イジャルコルは息をあえがせたが、その声は断固としたものだった。

「エスタルトゥの姿は、通常の意味で〝見える〟わけではない。体験するのだ。エスタルトゥはわれわれのなかに生きていて、われわれはエスタルトゥのために生きている。それ以外の考え方は冒瀆だ」

「きみはスーフーの質問をはぐらかしている」カルマーが皮肉っぽく指摘した。「わたしも自分のなかにエスタルトゥを感じている。スーフーの質問をくりかえすわけではないが、ぜひともきみの答えが聞きたいものだ。きみの言葉の真実性を疑う戦士が存在するのも事実だから。いったとおり、わたしは疑ってなどいない。わたしはエスタルトゥが希求する、恒久的葛藤を推し進める者たちのひとりだ。それにくらべると、きみの行動はいささか矮小《わいしょう》なものに思える」

イジャルコルが黙っているので、スーフーがふたたび口を開いた。

「あなたがエトゥスタルを訪れてから、まだそう長い時間は過ぎていない。はっきりおぼえているはず。くわしく説明してもらいたい。これは必要な証明のための第一歩だ」

「くわしくだと？」イジャルコルは居ずまいを正した。「エスタルトゥに生きる者は、その姿を見る者は、言葉や目が伝える以上のものを受けとっている。きみたちもわかっているはず」

「そうかもしれないが、イジャルコル」スーフーは小首をかしげた。考えこんだのかもしれないし、イジャルコルを不安にさせるためだったのかもしれない。あるいは、助言者の言葉に耳をかたむけたのか。「一般論が聞きたいのではない。われわれにははっきりした事実が必要なのだ。証拠が」

「われわれ？」と、イジャルコル。「きみはいつからすべての戦士の代弁者になったのだ？」

スーフーは答えない。ほかの戦士たちの沈黙が充分な答えになっていた。

「きみは詳細をなにもおぼえていないのだ」カルマーが断定的にいう。「嘘かまことか？　自分の立場を強化するために話を盛ったのか？　率直に話せないなら、どうするつもりだ、イジャルコル？　それとも、まったく記憶がないのか？」

そのとき、ホール内に警報が鳴りひびいた。戦士たちの頭上のスクリーンに通知が表示される。

〝戦士イジャルコルへの緊急通信。すぐに話をする必要があります。わたしはこの宮殿内にいます。ライニシュ〟

アブサンタ双子銀河の両戦士、アヤンネーとグランジカルは理解してうなずき合った。ほかの戦士たちは困惑といらだちを感じているようだ。

「いったん休憩とする」イジャルコルが告げた。「使者を待たせたくない。重要な新情報を携えているかもしれないから。部屋で待っていてもらいたい。終わったら声をかける」

「第四の議題を提案する」スーフーが不本意そうにいった。「この中断がなにを意味するのか、ライニシュとは何者なのかを知りたい」

「その答えはすぐにわかる、女戦士」イジャルコルはそういうと、ホールから飛びだしていった。

4　歓迎すべき混乱と邪悪な陰謀

ロワ・ダントンはロナルド・テケナーにはげますような笑みを向けた。だが、スマイラーは反応しない。自分の考えにふけっているのだ。

ペリー・ローダンの息子にはよくわかっていた。そうだろうと思ったから。かれとテケナーのあいだにあるものは、言葉ではほぼ表現できない。トロヴェヌール銀河のオルフェウス迷宮に閉じこめられて十六年、ふつうの人間であれば、精神を病まずに生きていくのは不可能だったろう。両テラナーが生きのびられたのは細胞活性装置の安定化インパルスによるところが大きかった。迷宮の極端な環境下で、それは相対的不死以上に役にたってくれた。

かれらはオルフェウス迷宮からの脱出に成功したとはいえ、自分たちの力だけでなしとげたわけではない。それを知っているのはわずかな者たち、つまりペリー・ローダンとアラスカ・シェーデレーアだけだ。もちろん、スリマヴォとヴェト・レブリアンもこの偉業に関与した。だが、かれらもほかのふたりと同様、沈黙を守るはず。

逃避行は衝撃だった。深い絶望を抜けだし、それなりにふつうの存在にもどり、解放されたのだ。だが、大きな幸福感はなかった。

ネットウォーカーのメッセージが脳裏にのこっている。ふたりには、ローダンを中心とする要員たちの助けが必要だった。というのも、いまやオルフェウス迷宮から脱出したダントンとテケナーにはその報奨として、イジャルコルのもとにおもむくチャンスを得たから。そこで最終的な恩赦を受けるのだ。

かれらは脱出のために戦うなかでローダンやネットウォーカーと出会い、その目標もわかっていた。だが、ダントンとテケナーのどちらも、べつの人間ふたりの存在がなかったら、このあらたな戦いに進んで身を投じようとはしなかったろう。そのふたりとは、かれらのパートナー、デメテルとジェニファー・ティロンだ。

〝人間〟という呼称は、デメテルにはかならずしもあてはまらない。彼女はアルグストゲルマート銀河に住まうウィンガーだから。だが、ダントンはデメテルを人間とみなしていた。そのデメテルとジェニファーは、奇妙なかたちでまだ存在している……エスタルトゥ世界の呪縛のなかで。

ふたりは十六年ほど前、シオム・ソム銀河の紋章の門を通り、茨の道を歩むことになった。その道をともにした妻たちとの内的な絆《きずな》から、ネットウォーカーの計画に賛同したのだ。だが、ふたりともそのことはほとんど口にしなかった。その必要がなかったたから。

ダントンがデメテルをとりもどす方法はひとつしかない。テケナーが考えているのも同じ方法だ。永遠の戦士に代表される、エスタルトゥの力を打ち砕くのだ。それ以外のやり方では、妻たちをふつうの存在にもどすことは不可能だろう。

悩みもあれば、不安もある。それは、ダントンとテケナーの身に起こったこと……エスタルトゥの道具であることから解放されること……が、いつの日か妻たちにも再現されるまで、のこりつづけるだろう。

ダントンの力づけるような笑みが告げているのは、テケナーの脳裏に深く刻まれたことにほかならない。いまやペリー・ローダンに対する忠誠心よりも、妻たちとの内的な絆のほうが重要になっている。

イジャルコルからは報奨が期待できるはず。永遠の戦士はそれが気にいらないだろうということは、ふたりともよくわかっていた。だが、法典に定められているのだ。イジャルコルはみずから報奨を手わたさなくてはならない。

ダントンとテケナーはそういう話をいっさいしなかった。ふたりの思考はよく似ていて、いつのまにかまったく同じになっていることもある。何年も試練と疎外の日々をすごし、そんな話をする必要さえなくなっていた。望むことはたがいにわかっている。

最優先はネットウォーカーの、まだかたまっていない計画を実現すること。かれらがそれを望んでいるからというだけではない。両テラナーにとってそれが唯一の、人生の伴侶《はんりょ》をとりもどす方法だからだ。

そのことを話題にしない理由はもうひとつあった。ヒアアスとラウクスの存在だ。かれらは両テラナーを惑星ソムに運ぶ宇宙船を操縦する、いちおうはヒューマノイドの、非常に寡黙な未知種族だった。

ヒアアスとラウクスは二本の脚と二本の腕を持ち、胴体は巨大なイモムシのよう、頭はほとんど見えなかった。

ラウクスはいつも不機嫌で、ときに挑発的になる、人好きのしない男だった。本名で呼ばれるのを好まず、〝ユィク＝ウーン〟と呼べと主張する。〝すべてを見通す目〟という意味らしい。ダントンとテケナーは最初にいやな思いをしたあと、ラウクスとは慎重に接するようになった。

ヒアアスはもうすこしつきあいやすい。かれがこの名もない小型船の航法士をつとめ、自動操縦ができないときはラウクスが船を操縦する。

ダントンとテケナーは異人ふたりの濃いグリーンの背中を見つめることしかできなかった。ほんとうにソムに向かっているのかどうか、たしかめるすべは両テラナーにない。

航行期間は七日間で、そのあいだの食糧はなにもなかった。ラウクスはそのことを何度も皮肉っぽく指摘し、そのたびに胴体上部にあるボタン状の三つの目が、嘲笑するように輝いた。ヒアアスはなにもいわない。

やがてその時が訪れた。小型船が通常空間にもどり、一星系が見えてきたのだ。

「あれはソムじゃない」スマイラーがいった。「どこに向かっている？　われわれ、イジャルコルに会う正当な権利がある」

「正当なことは悪いこと」と、ラウクスがあざける。「迷宮から脱出できたというだけで、わたしの手で死なずにすむんだ。エスタルトゥとその慈悲に感謝するんだな」

「ふたりに手出しするなよ、ユィク＝ウーン」ヒアアスがきしむような声でいった。

「かれらはここで降ろす。ソムへの門は開かれるだろう。イジャルコルを見つけられなかったとしても、それはわれわれの問題じゃない。任務ははたしたんだから」

「きみたちは死んでいるのか、生きているのか？」と、ダントン。

返事はなかった。

＊

イジャルコルはネットウォーカー組織の存在を知って以来、それを無力化しようとしてきた。危険性がはっきりしたのはパイリア人と惑星トペラズの一件によってだった。エイレーネという若いネットウォーカーを支配下におこうとしたが、できなかったのだ。

こうした状況下、すでに基本的な準備はできていた特殊組織〝五段階の衆〟が設立された。戦士アヤンネーとグランジカルは精神的にも実質的にも、この組織の設立に関与していた。ネットウォークを専門とするゴリムを追跡して排除するなら、こちらもそれを専門する者を使ったほうがかんたんだ。

ソタルク語では、五段階の衆は〝ハトゥアタノ〟と呼ばれる。メンバーは〝ハトゥアタニ〟と称し、そのトップには傑出したハンターが五名いて、うち四名は充分な経験を有していた。カリュドンの狩りに参加し、トロヴェヌール銀河で戦ってきた者たちだから。第五のメンバーは一ナックで、その特殊能力により、メタ物理平面で決定的なインパルスを発することができる。

さらにハトゥアタニたちは助手を募集した。そのおもな任務は、ネットウォーカーのシュプールを発見して五段階の衆に報告すること。

この特殊組織のリーダーがライニシュだ。一見、害のなさそうな目立たない男で、ヒューマノイドの侏儒《しゅじゅ》に見える。だが、ライニシュはウパニシャドの十段階の修行をすべて通過したパニシュだった。

イジャルコルはこれらすべてを承知しているので、ライニシュの来訪は戦士会議を中断する充分な理由となった。

イジャルコルが部屋に入ると、侏儒のライニシュはシートにすわって待っていた。

「わたしに会議を中座させるだけの理由があるのだろうな」戦士がきびしい口調でいう。

ライニシュはちいさく笑った。

「わたしのスパイはどこにでもいます、わが主人。あの会議のなかにも。ちょうどいい瞬間を選んで、あなたにもよろこんでもらえたと思いますが」

「ここではふたりきりだ、パニシュ。たしかにいいタイミングではあったが、問題はきみがあらわれた理由だ。話せ！」

「わたしはあなたとアヤンネーとグランジカルからの指示に、忠実にしたがっているだけです。ネットウォーカーに関することでして。とはいえ、上下にも左右にも前後にも目を配る必要はあります」

「きみの話は不明瞭でわかりにくい。時間をむだにさせるな」

「もちろんです、わが主人」ライニシュがまたちいさく笑う。「今回はネットウォーカーではなく、あなたに身近なふたりです。どちらもよく知っているはず。名前はロワ・ダントンとロナルド・テケナーです」

「名前などどうでもいい」イジャルコルの口調はそっけなかった。「オルフェウス迷宮の囚人だ。なにもできないし、なんの意味もない」

「それは違います」ライニシュがさらに笑う。「かれらは自力で迷宮から脱出しました。強靭《きょうじん》な者たちです。危険でもあるし、役にもたつ。ふたりはここに向かっています。あなた自身の手から報奨を受けとりたいと明言しています。かれらにはその資格がある。

とはいえ……」

「わたしは気にいらない。いまはじゃまされたくないのだ」

「よくわかります、わが主人」

「法典の定めでは、オルフェウス迷宮から脱出できた者には恩赦と名誉があたえられる。なんともおもしろくない状況だ」

「恩赦があたえられるのは、相手が生きている場合だけ」ライニシュが狡猾《こうかつ》な表情を見せる。「死者には名誉も慈悲も無用です」

「ダントンとテケナーは生きている！」イジャルコルはいきりたった。「いったいなにがいいたい？」

「もちろん生きています。いまはまだ」

「オルフェウス迷宮から脱出した者を手にかけるわけにはいかない」

「絶対にですか？」ライニシュは悪意に満ちた笑みを浮かべた。

「絶対にだ！」

「たとえわたしでも？」

「きみがなにをしようと、わたしは知らない」

「あなたは戦士です。この件についてはなにも知りません」ライニシュは小柄なからだで背筋をのばした。「わたしなら、公式な権限は必要ありません。あなたとエスタルトゥに仕えているのですから。この種の相手を厄介ばらいするのは、わたしの義務と心得ています。オルフェウス迷宮を脱出した者は、ハトゥアタノの手にかかる。かれらを乗せた宇宙船にはわたしの手の者が乗っています。ご主人はなにもいわず、わたしにまかせてください」

「わたしはきみとなにも話していない」永遠の戦士はそう宣言し、侏儒の肩に片手を置いた。

「もちろんです、わが主人！」ライニシュはにやりと笑った。「おまかせください。あなたの暗黙の了解があれば充分です」

イジャルコルはなにも答えず、急いで部屋をあとにすると、戦士会議の議題に意識を集中した。

＊

王の門に到着したロワ・ダントンとロナルド・テケナーはうれしい驚きを感じた。以前そこに、それぞれの妻とシガ星人たちと滞在したときのことを、ちらりと思いだしたから。あれから長い年月が過ぎたが、状況はすこししか変わっていない。デメテルとジェニファーがいないだけだ。スーザ・アイルとルツィアン・ビドポットとコーネリウス・〝チップ〟・タンタルも。

「なにかがおかしい」と、ローダンの息子。「なんなのかはわからないが」

「なにもかもがおかしいのさ」テケナーのラサトあばたがひときわ輝いた。「だが、進むしかない。わたしが考えているのは……」

「ああ」ダントンが相手の言葉をさえぎる。「わたしが考えているのもデメテルのこと。ふたりがわれわれを法典中毒から解放したときのことをおぼえているか？　女の魅力で、あのすばらしいトリックを使って？」

「わかっているが、できれば思いださせないでもらいたいな」

三名のソム人が礼儀正しく近づいてきて、衛星イジャルコルに転送するためのプラットフォームに進むようううながす。ダントンとテケナーは無言で要請にしたがった。

紋章の門がかれらを転送する。惑星ソムの衛星の受け入れステーションは、かれらが過去に訪れたことがある場所だ。

だが、再実体化したのは、衛星イジャルコルのステーションとはまったく異なる薄暗がりだった。周囲は丸天井につながるじめじめした壁で、しんとしずまりかえっている。

「いまのはテレポートだった」と、ダントン。「つまり、ここはまだソムだ」

「だまされたわけか」スマイラーの表情が硬くなる。

かれらはただ服を着ているだけだ。武器も特殊装備もない。オルフェウス迷宮から解放されたことにくらべれば、重要ではなかったから。ふたりはようやくそのことに気づいた。

「棺と死体と死者たち」ダントンが片手をのばしていう。「ソム人を葬った地下墓地だな。惑星ソムの死者の町だ」

「ネクロポリスか。だれかが意図的に、われわれを衛星イジャルコルに行けないようにしたわけだな」

暗闇のなかで墓所のようすがはっきりしてくると、なんともいえない寒々しさを感じた。かすかな物音が聞こえる。骨がかたかたと鳴るような音がふたりの耳にとどいた。

「金属音だ」ダントンが断定した。「武器と防具。われわれを待ち受けていたらしい。どうやって身を守る？」

テケナーは指でこめかみをたたき、にやりとした。

「生きてる相手なら歓迎だ。死んだソム人のことは気にならないから、わたしもちょっと死んでみよう」

かれは墓のあいだのあいた場所に向かって数歩進み、地面に横たわると、死んだように身動きしなくなった。ダントンは手近な墓石の上によじのぼり、大きな岩の上に身を伏せた。

まもなく敵が姿を見せた。投光器が墓所内を明るく照らしだす。ソム人四名と、一ロボットだった。

「いまだ！」と、ダントンが叫ぶ。一ソム人がテケナーのからだを仰向けにして、顔を確認しようとしたときだ。

細胞活性装置保持者ふたりは、オルフェウス迷宮に十六年近くも幽閉された怒りをいっきに吐きだした。

テケナーはソム人を引きずり倒し、そのからだが自分とロボットのあいだにくるよう、電光石火で体を入れ替えた。マシンのはなったビームが鳥生物をずたずたにする。スマイラーはソム人の武器を奪い、ロボットに向けて発砲。

だが、その必要はなかったようだ。

ダントンがすばやく墓石の上から跳びおりて、もう一名のソム人に突進していた。岩の床におりたったときには、すでに相手の武器を奪っている。かれはプログラミングにしたがって戦闘行動をとろうとしているロボットを狙い撃ち、弱い部分を直撃した。マシンは濡れたずだ袋のようにその場に倒れ、動かなくなった。

べつのソム人が発砲したが、スマイラーのほうがすばやい。最後の鳥生物は逃げだした。ダントンはそのソム人を射程にとらえていたが、逃げる敵を撃つテラナーはいない。

「新手を連れてくるだろうな」テケナーが武器をベルトにおさめながらいった。「ここから消えたほうがよさそうだ」

「もうそのつもりだが、どこに向かう？」

「残念ながら、わからない」テケナーがひかえめに笑い声をあげる。「最終的にはエトゥスタルだが」

「エトゥスタルは遠いぞ」ダントンはテケナーの手をとり、墓のあいだの暗い開口部をしめした。「すぐにもっと厄介なことになると思う。逃げたやつが警報を鳴らすだろう」

「警報は好きだよ」両テラナーは急いで移動した。「とくに自分が標的のときは。そのときはウレブになる」

「ウレブ?」ダントンは奪われた千年間のことを思いだした。エネミー星系。ガラス人間と出会うまで。あのとき、かれは戦った。いまも戦わなくてはならない。ここでかれとテケナーの身に起きたことは、同じような悪意にもとづいているから。

逃避行がはじまったばかりだということはわかっていた。敵はかれらがイジャルコルから報奨を受けとれないようにしたいのだ。恩赦と名誉を。

何者かが、どんな手を使ってでも阻止しようとしている。

＊

ロットラーは会議の中断を利用して、女戦士スーフーをおだやかに、だが力強く焚《た》きつけた。イジャルコルが急に中断をもとめた理由は謎だったが、エルファード人はそれがトリックではないと確信していた。イジャルコルはほかのどの戦士よりも、目の前の問題の解決を望んでいたから。

スーフーはホールの出入口近くでイジャルコルを捕まえた。相手はいささか憤慨したが、女戦士のおだやかな口調に心を許したようだった。

「どういう理由で議論を中断した？」スーフーがたずねた。「わたしがライニシュという者のことを議事日程に入れるよう要求したことはわかっていると思うが」

「ライニシュはわたしの助手だ」イジャルコルがそっけなく答える。「きみに説明する義務はない」

「わたしの要求に戦士の多数が同意すれば、説明するしかなくなる。いまここで合理的な説明があれば、わたしは要求をとりさげる」

シオム・ソム銀河の永遠の戦士は探るように周囲を見まわした。そこにいるのは自分と女戦士と、それぞれの助言者だけだ。

「いいだろう。きみにとっては、さほど重要なことではない。ライニシュはネットウォーカーを潰滅させるため、わたしとグランジカルとアヤンネーが設立した組織のチーフだ。きょうは最新のシュプールを報告しにきた。ネットウォーカーのシンパが二名、ここに向かっている。かれらは会議に大きな混乱をもたらすかもしれない。だからライニシュに命じて、会議が終わるまでシオム・ソム銀河に近よれないようにさせた」

「近よれない？」女戦士がくりかえす。

「それはどういう意味？」

イジャルコルは答えず、ロットラーは口をはさむチャンスを得た。

「かれがいいたいのは、そのシンパ二名を恐れて、排除させるということでしょう」と、スーフーに向かっていう。

「生意気な口をきくな、エルファード人！」イジャルコルはこぶしを握りしめた。

「わたしはレディと話しているだけです」ロットラーが冷静に指摘する。「いつ、どんな口調でそうしようと自由です。その権利は外交規則で認められています」

「興味深い」スーフーがロットラーの言葉など聞こえなかったかのようにいった。「そのふたりを殺させるつもりだな」

「そんなことはいっていない」イジャルコルは憤然となった。「そこの男はなにかほのめかしたが。かれがわたしの随行員だったら、いまごろ死んでいる」

「ロットラーはわたしの助言者で、側近だ」女戦士が淡々という。「あなたは手出しできない、イジャルコル。危険な状況を演出したり、話をそらしたりするために、かれを利用しないでもらいたい。そのライニシュにどんなことを命令した？」

「ライニシュはパニシュだ。詳細な命令は必要ない。なにをすべきか、自分で判断できるから。わたしはただ、会議を妨害されないようにしろといっただけ。どうやって実行するかはかれしだいだ。これでいいかね？」

「パニシュなのか」スーフーは考えこんだ。「だったら、その二名のシンパを殺すだろう。あなたが自分の王国をどんなふうに治めようと、わたしは気にしない、イジャルコル。この問題はわたしにとっては解決ずみだ。ほかの戦士たちの前でこの件を蒸しかえすことはしない。会議をつづけてもらおう」

「では、行こう」イジャルコルがホールのほうを指さし、スーフーは歩きだした。

「ちょっと記録装置をとってきます」ロットラーはレディにそう声をかけ、返事も待たずに足を速めた。

スーフーもイジャルコルも、気にするようすはない。

自分の部屋にもどると、エルファード人はスーフーの旗艦《ウファルス》と回線を接続した。準備だけはしてあったが、盗聴を恐れて使っていなかったのだ。

いまは盗聴の危険などといっていられない。状況はあまりにも明白だった。イジャルコルが〝ネットウォーカーのシンパ〟と呼んだ二名は、ロワ・ダントンとロナルド・テケナーのことにちがいない。情報バンクの内容と戦士の発言はぴったり符合する。

ロットラーもまた、そのライニシュという男が二名を排除しようとしているのは疑いないと感じた。イジャルコルの正式の命令でやるのか、本人の意志でやるのかは、このさいもう関係ない。

かれはシオム星系の近傍にいるはずの信頼できる友人たち数名に、世間話をよそおって指示を出した。ダントンとテケナーのためにできることはその程度だ。シオム・ソム銀河に、かれが連絡できる相手は片手で数えられるくらいしかいないから。たぶんＯｋ＝２が近くにいて、この通信を傍受するだろう。Ｏｋ＝２というのはコードネームで、ロットラーが法典中毒になる前からイジャルコルのところに潜入させていた、信頼できる諜報員だ。

時間が迫っている。かれが議場にいないと、スーフーはおちつかないだろう。返答を待っていることはできない。

エルファード人がホールにもどったのは、ちょうどイジャルコルが会議を再開したときだった。

5　戦いと悪あがき

ライニシュはソム人たちがロワ・ダントンとロナルド・テケナーに敗《やぶ》れたことを知っても、おちついて対処した。異人ふたりが危険で戦いに強いことを知っていたから。そのことがあらためて証明されたのだ。

五段階の衆の専門家をここで使うことはできないが、ハトゥアタノは長い腕を持っている。かれはすぐにあらたな戦力を派遣して、ダントンとテケナーが出現したネクロポリスの出入口を監視させた。そのあと、おたずね者を捕捉して殺害するため、三つの部隊を地下墓地に突入させる。

だが、ライニシュはこのやり方に満足していなかった。かれはカポクという仲介者から、両ゴリムの到着の情報を得ていた。カポクは有能で、これまでにも何度か実力を証明している。今回の件が成功すれば、ハトゥアタノのなかでの地位もあがるだろう。

ライニシュはカポクの本名を知っているが、念のため、連絡するときも偽名で呼びかけた。

「わたしは自由に行動できます」イモムシに似たカポクがいう。「相棒は休息のために船をはなれていますから。任務はなんですか、パニシュ？」

「ダントンとテケナーを排除しなくてはならない」と、ライニシュ。

「その機会なら何度かありました」カポクが応じる。「ですが、いまはふたりとも、わたしの目のとどかないところにいます」

「失ったチャンスを嘆いてもしかたがない。かれらがどこに行ったか、きみがいちばんよく知っている。かれらを発見し、殺すことができる者は、きみをおいてほかにいない」

「ただちに向かいます。ふたりが生きてネクロポリスから出ることはありません」

七光年の距離を隔てた短い会話はこれで終わった。

ライニシュは満足だった。ふたりのシンパの命運は定まったのだ。

＊

ダントンとテケナーはかなりの距離を走ってから足をとめた。ソム人たちと戦った場所から、すくなくとも二キロメートルははなれただろう。たぶんかかっているであろう追っ手を、当面は振りきれたはず。

地下墓地の終わりはまだ見えなかった。無数のホールが連なり、かくれ場はいくらでもある。

「いったんとまって、ようすを見よう」スマイラーが提案した。「死者の町の出口はいくつもないはず。監視するのはかんたんだ」

「そうだな」ダントンは頭上を指さした。「この墓石なら、装飾を足がかりに上に登れそうだ。見晴らしのいい場所に身をかくせる」

数分後、ふたりは高さが二十メートルはある墓碑の頂上にたどりついた。ダントンがまず見張りにつき、テケナーは石の上に横たわって、両腕を頭の下に置いた。

「十六年をむだにしたんだ」と、目を閉じながらいう。「あと半日くらいなんでもない。なにかあったら起こしてくれ」

長く待つまでもなかった。テケナーがまだ眠りこみもしないうちに、重武装のソム人二名と各種の探知装置を乗せた、無蓋の浮遊車輛があらわれた。アンテナのようなものを回転させながら、ゆっくりと前進してくる。

両テラナーはじっと動きをとめた。

やがて車輛は脇通廊に消えていったが、ダントンとテケナーはさらに数分間、身動きせずに待ちつづけた。

「とりあえず危機は去ったな」ラサトあばたの男がしずかにいう。「追われていることはこれではっきりした。オルフェウス迷宮とはまたべつの狩りというわけだ」

「袋のネズミだな」ダントンも同意する。「ちょっとした音や動きで居場所がばれてしまうだろう。だが、ずっとこそこそかくれてるわけにもいかない。向こうもそれはわかっている」

「だれがわれわれを排除しようとしてるんだろう？」テケナーは眉間《みけん》にしわをよせた。

「迷宮から脱出したんだ、名誉を受ける資格があるはず」

「しっ！」と、ダントン。

ふたりは腹這いになって下のようすを観察した。

単座の小型グライダーがあらわれた。乗っているのは見知った姿だ。かれらをソムまで運んできた、イモムシに似た生命体。ヒアアスかラウクスのどちらかだろう。よく似ているので、この距離ではどちらなのかわからない。

グライダーは動きがすばやく、すぐに視界から消え去った。

「ヒアアスだな」と、ローダンの息子。

「ラウクスだと思う」と、テケナー。「なにを探しているんだろう？」

「われわれ以外にだれがいる？」

「腑に落ちない。かれらはトロヴェヌール銀河の戦士ヤルンの部下だと思っていたが」

テケナーが推測を声に出す。「かれらの任務はわれわれをイジャルコルのもとへ連れていくこと。それなのに、ちゃんとやろうとしなかった。その過程で感じたのは、かれらがソムに行きたがっていないということだった。それなのに、ひとりがここにいる」

「エスタルトゥの領域には裏切りと陰謀があふれてるな」と、ダントン。「ここではたよりになるのは自分だけだ」

それから二時間、ふたりはソム人とロボットからなるべつべつの捜索隊をさらにふたつ観察した。音をたてないようにしていたため、発見はされていない。

やがて夜の時間帯になり、地下墓地の薄暗い照明がさらに暗くなった。ダントンとテケナーは目が慣れるのを待ち、周囲がしずまりかえっているのを確認して、墓碑の上から床におりた。

できるだけしずかに移動するため、重いブーツは脱ぎ、肩からぶらさげる。ソム人から奪った武器はベルトに吊るして、すぐに使えるようにした。

かれらは捜索隊がやってきた方向に進んでいった。当然、そちら側に出口があるはずだから。百メートルごとにちいさな赤い照明がともっていて、不気味な環境をわずかに照らしだしている。

なにごともないまま半時間ほど進んだとき、テケナーがいきなり、ダントンを暗い壁の窪みに引きずりこんだ。

「なにかくる」と、スマイラー。

頭くらいの大きさの、輪郭のはっきりしない物体が、高さ数メートルのところを通過していく。それは夜間照明の遠い光を受けて、くすんだ金属のような光沢を見せた。

突然、物体が停止。

「近くにいることはわかっています」ややひずんだ人工音声が聞こえた。「出てきてください。わたしのかんたんな探索システムでは位置を特定できません。わたしは味方です」

ダントンもテケナーも動くつもりなどない。スマイラーが音をたてないよう、ゆっくりと武器をベルトからとり、狙いを定める。すると、ふたたび小型飛行ロボットの声が聞こえた。ダントンが友の武器を押さえてさげさせた。

「手助けなしではおしまいです、ダントンとテケナー」大きな声ではない。「返事をしてください！　出てきてください！　ライニシュの部下がシュプールを追跡しています。あなたがたの味方は多くない。Ｏｋ＝２と、かれに依頼した者を信じてください」

ダントンは目をまるくして友を見つめ、首を横に振った。

近くからグライダーの飛翔音が聞こえ、丸天井の下でエネルギー・ビームが一閃した。ビームは小型ロボットに命中し、ロボットが爆発する。

ソム人二名の乗ったグライダーがあらわれた。

「またあのいまいましい探索ゾンデか」片方の鳥生物がいう。「だれが送りこんでいるんだ？」

「Ｏｋ＝２さ」もうひとりのソム人が答える。「いま聞いたろう。残念ながら、背後にだれがいるのかはわからないが。カポクに報告しよう。急げ！　前進！　ふたりがここにいないのは確実だ」

　グライダーは闇の奥へと消えていった。ダントンとテケナーはさらにしばらく待ってから、小声で話しはじめた。

「どうやらほんとうに味方がいるらしい」と、ダントン。「名前はＯｋ＝２。思いあたるところはないな。敵の名前もわかった。カポクというのがそれだ。どうやらこいつがライニシュの代理で捜索隊をひきいているらしい」

「同感だ。もっと早くわかっていれば、あの小型ロボット……ゾンデに助けをもとめて、一歩前進できていたかもしれない。もう手遅れだが」

「だとしても、われわれ、完全に孤立しているわけではないということ」ダントンは笑みを浮かべようとした。「出口が見つかるまで、前進をつづけるだけだ」

　慎重に進みつづける。どこかから短い戦闘音が聞こえてきた。音が何度も反響するので、方角を見定めることはできない。

「Ｏｋ＝２とカポクの手下たちかな？」と、テケナー。

「そうかもしれない。われわれをおびきよせるためのトリックという可能性もあるが」

　突然、通常の照明が点灯した。といっても、せいぜい夜間照明の四分の一くらいの明るさだ。

「行こう」ダントンがいい、暗い一通廊に突入した。テケナーもそれにつづく。

近くで腰くらいの高さに光がともり、ふたりは足をとめた。壁ぎわにこぶしほどの大きさの小箱が見える。その上で黄色い明かりがまたたいていた。

「ダントンとテケナー！」破壊された小型ゾンデを彷彿《ほうふつ》とさせる、おだやかな人工音声が響いた。「この先は罠です。反対方向に五百メートルほど進むと、のぼり階段があります。上の階で脱出の手がかりが見つかるでしょう。ですが、用心してください。ライニシュの手下がうろついています。任務遂行者Ｏｋ＝２からの伝言です……」

ダントンとテケナーは短く顔を見合わせた。スマイラーが無言でうなずく。

「今回はあのちいさな協力者のいうとおりにしよう」と、ダントン。

両テラナーは監視システムに教えられた方角に進みはじめた。

＊

戦士会議は中断前と同じように粘り強くつづけられた。戦士ヤルンはイジャルコルによる中断の理由の調査を提案したが、ほかの戦士の賛同は得られなかった。提案は反対八票で否決され、ようやく本来の議事日程に進むことができた。

イジャルコルはエトゥスタル滞在中のことを正確にはおぼえていないと認め、つづく議論のなかでは、この中途半端《ちゅうとはんぱ》な告白がすべての戦士の不安を深めたことがはっきりした。

紋章の門の支配者がなんとしてもエスタルトゥに関する噂から話題をそらそうとする一方、ほかの戦士たちのあいだでは勝手に議論が進んでいる。

イジャルコルはいよいよ不安になった。議論が過熱して混乱するのを、おちつかせることができずにいるから。慎重なアヤンネーがかれの味方をしても、状況に変化はなかった。

スーフーはほとんど話にくわわらなかった。一度だけペリフォルと言葉をかわしたが、その内容までは、ロットラーにはわからない。

エルファード人には独自の考えがあった。このままでは遅かれ早かれ騒ぎが起きて、会議は崩壊するだろう。

かれは女戦士に内密に話しかけた。スーフーも議論が袋小路に入りかけているのを感じていたらしく、すぐに要請に応じた。

「きのうした話を思いだしてください」と、ロットラー。「あなたはあのとき、すでに正しい道を見いだしていました。いまこそ計画を実行にうつすときだと思います」

「くわしく話せ、ロットラー」女戦士が先をうながす。

「要はあなたが以前いったように、すべての戦士から見て、一石二鳥を狙うのです。かれらがもとめているのは、エスタルトゥがまだエトゥスタルにいるという証拠です。また、イジャルコルをあらためて信用したいという欲求もある。後者はいま、微妙なことになっていますから。イジャルコルのイメージが損なわれているのです。かれは以前の評判をとりもどさなくてはならない。そしていま、〝エスタルトゥはもうここにはいない〟というプロパガンダがひろまっています。そのすべてを一挙に解決する方法があるのです。全員が満足するでしょう。もちろんあなたも。そのためには……」

「そのためには？」

「そのためには、イジャルコルが超越知性体が存在する証拠を入手する目的でエトゥスタルにおもむくことを、投票で議決することです。かれも戦士たちも満足するでしょうし、噂はたちまち消えてしまうはず。イジャルコルは証拠を手にした状況に乗じて、自分の利益になるようにその証拠を利用するでしょう」

「かれが証拠を手にできなかったら？」

「理論的には、あらたな状況が生じることになります、レディ。ですが、その心配は必要ないでしょう」

スーフーはウファラス＝一四四に命じて大きなゴングを鳴らし、注目を集めようとした。ゴングを二度鳴らしてようやく、議長のイジャルコルが反応する。ホール内がしずまりかえり、最後の戦士が自分の席にもどった。

この時点では全員から動議が提出されていたが、イジャルコルはかんたんな解決策を見いだした。

「第一の議題と直接関係する動議だけを受けつける」と、勇を鼓して決断したのだ。

戦士たちのランプが次々と消え、スクリーン上にスーフーのものだけがのこった。

「スーフー銀河の女戦士スーフーの発言を許可する」イジャルコルは形式的な言葉で、興奮と動揺をしずめようとした。

〝怒れる従軍商人〟の女支配者はすぐさま本題に入った。

「われわれ、エスタルトゥの存在をはっきりさせる必要がある。イジャルコルの主張も同様だ。この二点が明確になれば、噂などすぐに消え、以前の安心感がもどってくるだろう。それゆえ、エスタルトゥが存在する証拠と、イジャルコルがかつてエトゥスタルを訪れたさいの話を確認できる証拠が必要となる。そこで次のような動議を提案したい。〝戦士たちの決議として、イジャルコルはもう一度エトゥスタルを訪れ、その主張の正しさと、エスタルトゥの存在をしめす証拠を持ち帰るものとする〟」

数秒のあいだ、だれもがひと言も言葉を発しなかった。やがて数名の戦士が助言者になにかささやき、イジャルコルが口を開いた。

「スーフー、きみの考えは理解できるが、とても同意はできない。きみの動議の内容は、わたしが嘘をついていると暗に非難するものだ。そのことだけをもってしても、きみの要求には応じられない」

「それだけではない」アヤンネーが口をはさんだ。「スーフーの言葉は、〝エスタルトゥはもう存在しないかもしれない〟という主張を前提としている。仮にそう考えるというだけでも冒瀆であり、法典に違背することになる」

「そんなことはない」女戦士は言葉を強調するため、シートから立ちあがった。「わたしの動議ひとつで、われわれのあいだの不安をとりのぞき、冒瀆的な噂を一掃できるのだ。そこにこの動議の意味がある」

イジャルコルは採決するしかなかった。スーフーをふくむ六名が賛成票を投じ、イジャルコルとアヤンネーたち、のこりの六名が反対票を投じた。議論は膠着《こうちゃく》状態におちいった。

イジャルコルは戦士たちが相談できるよう、再度の休憩を宣言した。

＊

ダントンとテケナーは０ｋ＝２の探索ゾンデが示唆《しさ》した階段に問題なくたどりついた。石段をのぼっていくと、べつの階層にあったのとそっくりのネクロポリスの一角に出た。

あたりを探ってみたが、出口らしいものは見あたらない。

「この静けさは気にいらないな」テケナーが小声でいった。

「行こう！」ダントンは墓のあいだのひろい通廊を指さした。「とにかく出口を見つけないと」

「下の階の親切なゾンデは、どうやって出口を見つけるのかのヒントを出し忘れたようだな」スマイラーが皮肉っぽく指摘する。

数歩進むと事情がわかった。ダントンが墓石の陰に、Ｏｋ＝２という名前しかわからない未知の協力者が置いたべつのゾンデを発見。ちいさく目立たない箱は、一点だけ、下の階の箱とは異なる部分があった。何者かがエネルギー・ビームでちいさな穴をあけていたのだ。

「敵はもうここにきていた」と、テケナー。「用心しないと」

ふたりは闇から闇へと移動していった。グライダーの音が聞こえ、すばやく身をかくす。墓標や墓碑のなかにはかなり大きなものもあり、かくれ場にはこと欠かない。

一ソム人、未知の四足動物、不恰好な一ロボットが無蓋グライダーのなかにいるのが見えた。後部では探査装置の大型パラボラ・アンテナ二基が回転している。ダントンとテケナーは息を殺した。

グライダーが遠ざかりかけたとき、突然、四足動物がはげしく吠えはじめた。後肢で立ちあがり、前肢を両テラナーのほうにのばしている。

ロボットが瞬時にグライダーを反転させ、ソム人が武器を振りあげた。

「見つかった」と、ダントン。「探知犬のようなものらしいな」

行動からすくなくとも半知性体と思える四足動物は、突進するグライダーの後方にかくれた。グライダーは甲高《かんだか》い警報を鳴らし、その音が地下墓地内に何重にも反響する。

ダントンとテケナーはちらりと目を見かわした。それだけで意思疎通は充分だ。

「わたしはロボットをやる」スマイラーがいった。

ソム人の武器が火を噴く。鳥生物は両テラナーがかくれている墓のあたりを無差別に破壊した。石材の破片が飛び散り、ふたりは後退を余儀なくされた。

ダントンがすぐに応射を開始する。ビームはソム人に命中。だが、バリアに無力化されてしまった。

それでも命中の衝撃で、ソム人はグライダーから転げ落ちた。テケナーは二発めでロボットをとらえた。

ソム人がまだ起きあがろうともがいているうちに、テケナーはグライダーに駆けより、いっきに跳び乗った。強烈な蹴りでロボットをたたき落とす。

操縦はかんたんだった。再度発砲しようとしているソム人に向かって、グライダーで突っこむ。すぐにダントンも乗ってきた。四足動物は墓石のあいだを縫って姿を消した。

テケナーが逃走に専念するあいだに、ダントンは警報をとめるのに成功した。

「余裕はないぞ」と、ローダンの息子。「すぐに群れをなして襲ってくるはず。ソム人は警報を鳴らし、動物は吠えまくるだろう。戦闘警報とサイレンを聞き逃す者はいない」

テケナーは出口を探したが、見つからなかった。ふたりは地下墓地でいよいよ迷子になっていった。

やがてドーム状ホールに出る。ドームの頂点の向こうに夜空が見えた。テケナーはグライダーをさらに上昇させようとしたが、その瞬間、敵があらわれた。

ソム人やロボットなどを乗せた重車輌が側道から次々と出現。さらにはドームのなかばあたりで、グライダーが目に見えないエネルギー障壁にぶつかった。障壁がグライダーをゴムのボールのようにはじきかえす。テケナーは持てる技術を総動員して墜落を回避した。

どうにか着陸はできたが、反撃の余地はない。完全に包囲されている。大型グライダー二機が空中で頭上をふさぎ、最後の逃げ道も断たれた。

ダントンは武器を投げ捨て、降伏の意思をしめした。テケナーもそれにならう。

ロボットがかれらをグライダーから引きずりおろした。

「道をあけろ！」ソム人の甲高い声が響く。「カポクが犯罪者を処刑しにくる」

ソム人の車輌がわきによって通路をつくった。カポクの正体がわかっても、両テラナーはたいして驚かなかった。

それはかれらをシオム・ソム銀河に運んできた小型船の乗員、イモムシに似たラウクスにほかならなかった。

「ハロー、ユィク＝ウーン！」テケナーが嘲笑する。「ヒアアスの監視がなくなって、やっと自分の手札をさらせるようになったのか？　忘れているようだが、われわれ、自力でオルフェウス迷宮から脱出した。法典はそういう者に相応の敬意をはらうことを要求している。われわれをイジャルコルのもとに連れていくのは、きみの義務だ。それなのにきみは……」

「黙れ！」カポクことユィク＝ウーン、すなわちラウクスが命じた。「きみたちはわたしの捕虜だ。法典の要求どおり、正当な罰を受けることになる。死刑はすでに決定事項だ。ただ、ソム人の引退者たちが眠るこの神聖な場所を、きみたちの血で汚したくない」

ラウクスはロボット四体のあいだを通って、両テラナーを大型車輛に連行した。ソム人の協力者たちを解散させたときも、感謝の言葉さえなかった。

自身も大型車輛に乗りこみ、ダントンとテケナーの前に立ちはだかる。

「ライニシュがきみたちにくだした判決を知っているか？　知らない？　教えてやろう。カポクはきみたちを殺せと命じられた。わたしがカポクだ。ラウクスでもあり、ユィク＝ウーン……〝すべてを見通す目〟でもある」

「きみのおしゃべりは退屈だな」テケナーが冷静にいう。「われわれに危害をくわえる勇気がないんだろう。恐ろしい罰があるから」

カポクは反応しなかった。

ロボットの操縦でグライダーがスタート。地下墓地を通過し、ひろい出口が見えてくる。急角度で上昇すると、ソムの夜空がかれらを迎えた。

「目的地は衛星イジャルコルだ」突然、カポクがおだやかな口調になった。「戦士イジャルコルのところに行くまで、たいした障害はないはず。ライニシュには気をつけろ。かれはわたしに、きみたちを殺せと命じた。かれにとってわたしはカポクだが、わたしはOk＝2でもあって、たぶんまだきみたちが会っていない者のもとで働いている。ふたたびヒアアスに会うことがあったら、わたしは死んだと伝えてもらいたい」

テケナーとダントンは不思議そうに顔を見合わせた。多くの名前を持つ相手は、もうかれらの質問に答えようとしなかった。

数分後、グライダーは衛星イジャルコルに到着した。

6　栄誉とあらたな陰謀

イジャルコルのもとには休憩がまだ終わらないうちから、宮殿内のいたるところにいる観察者や密偵から、戦士のあいだに派閥ができているという報告が入っていた。活発なのはスーフーとカルマーとペリフォルで、イジャルコルのエトゥスタル行きを支持するよう、あからさまに勧誘しているらしい。

イジャルコルは不機嫌になった。しかもそこに、ライニシュから悪い知らせがもたらされた。ハトゥアタノの手下が、ロワ・ダントンとロナルド・テケナーを排除できなかったというのだ。ライニシュは部下の失敗を認めざるをえなかった。トロヴェヌール銀河のオルフェウス迷宮から脱出したふたりは、いまどこにいるのかわからない。

侏儒はふたりを追いつめると言明したが、イジャルコルは怒りにまかせて、あらたな任務を命じないまま、ライニシュを追いはらってしまった。いまは会議に集中しなくてはならない。

決められた再集合時間まであと数分しかない。イジャルコルは助言者に相談するのをひかえた。内心の不安は自力で解消するしかない。部下の前で弱みをさらしたくはなかった。

だが、その日はなにもかもがうまくいかないようだった。ホールに向かう途中、宮殿の衛兵からの連絡で考えごとを中断され、応答する。

「テラナーのロワ・ダントンとロナルド・テケナーと名乗るゴリムが二名、こちらにきています。以前に記録した個体パターンと照合して、まちがいなく本人と確認しました。オルフェウス迷宮から脱出したので、すぐにあなたに会いたいと要求しています」

イジャルコルはしばらく茫然と立ちつくした。思考が追いつかない。ライニシュの部下が失敗した以上、いずれそのふたりがやってくることは予想していたが、まさかこんなにすぐに到着するとは。困ったことに、ふたりの出現と、かれらがトロヴェヌール銀河のオルフェウス迷宮を脱出したことは、すでにほかの者に知られてしまっている。この厄介者たちに直接、手をくだすのはほぼ不可能ということ。結果がどうなるか、見当がつかないから。

自分がなにをすべきかはわかっていた。ダントンとテケナーに、公式に恩赦と栄誉をあたえるしかない。

「ふたりをどうすればいいでしょう?」衛兵が焦《あせ》ったようにたずねる。「宮殿に入れてもいいのですか?」

「待て！」イジャルコルはあわててそういった。

かれはすでに次の手を考えていた。ふたりを排除することができない以上、その存在を利用して、自分の利益が最大になるよう立ちまわるしかない。すなわち、戦士会議でポジティヴな結果が得られるようにするのだ。

「わたしの側近の助言者二名と、監視ロボットの特殊部隊を送る。ダントンとテケナーを黄金サロンに案内し、休息してもらえ。わたしは当面、手がはなせないので、直接の挨拶はできない。戦士会議に出席しなくてはならないから。時間ができしだい、こちらから挨拶に出向く。それほど時間はかからないと伝えて、安心させろ」

ホールはあわただしかった。助言者の小部屋も騒々しい。イジャルコルはひと目で状況を見てとった。密偵の報告どおりだ。

スーフーとカルマーとペリフォルを中心とする派閥ができていた。ここにヤルンとシャルクがくわわり、さらにナスチョルとトレイシーも参加している。最後のふたりはさまざまな関係で共謀しているのではないかと、イジャルコルは疑っていた。

かれは自分の席に助言者からのメモがのこされているのを見つけた。そこには簡潔に、スーフーの動議が再提案された場合、七票から八票が賛成にまわるだろうと記されていた。注意が必要だ。巧妙に動かなくてはならない。

なんとか有利な状況をつくりだす必要があるのは明らかだった。スピーカーを通じて代表団に着席をうながす。数分かかって、ようやくおちつきがもどった。

思ったとおり、まず発言をもとめたのは女戦士スーフーだった。イジャルコルは彼女を指名した。

「われわれ、休憩時間を利用して、自分たちの助言者だけでなく戦士同士でも話をした。意見が変わった者もいるという印象だったので、イジャルコルがエトゥスタルにおもむき、エスタルトゥの存在を証明する証拠を持ち帰るという提案について、あらためて投票をもとめたい」

「きみの多数派工作なら承知している」イジャルコルがいささかの皮肉をこめて答える。「投票を拒むつもりはないが、希有《けう》な出来ごとが起きたため、しばらく待ってもらいたい。先にそのことを報告したいと思う」

戦士たちは無言で、怪訝《けげん》そうに顔を見合わせた。トロヴェヌール銀河のオルフェウス迷宮の支配者であるヤルンだけは、はっきり〝ああ、そうか！〟と、声をあげたが。

ホール全体が暗くなる。イジャルコルの背後にホールの天井から、底面が十メートル四方くらいの、ゴールドに輝く光の籠《かご》がゆっくりとおりてきた。ホログラムのシンボルが色とりどりに、ホール内で輪舞を踊る。ファンファーレが鳴りひびいた。

光の籠の底面が受け入れプラットフォームに変化する。ファンファーレが終わると同時に、無数の雷鳴のような音がその場にいる者たちの耳を聾した。

プラットフォーム上にふたつの人影が実体化。

イジャルコルは立ちあがり、厳粛な声で話しはじめた。声は大きく増幅され、だれも聞き逃すことがないよう、軽くエコーがかかっていた。

「エスタルトゥの領域から集まった友たち！　オルフェウス迷宮から自力で脱出するという信じられない偉業をなしとげた闘士たちを紹介しよう。この英雄ふたりの名前は、すでに知っている者もいるはず。ロワ・ダントンとロナルド・テケナーだ」

「わがナガトのテケナーか？」カルマーが叫んだ。「すばらしい男だ！　わたしも認めている！」

イジャルコルはカルマーの言葉に反応せず、舞台の陰の見えない位置にいる助手に手で合図を送った。

まるで無から生じたかのように、ゴールドの光の籠をとりかこんで、さまざまな色合いのプラットフォームが出現した。その上にエキゾティックな植物がたちまち蔓をのばして生い茂り、光と魅惑的な香りで両テラナーを祝福する。幻想的な姿が彩りを増しながら、美しい輪舞を踊った。ほんものなのか、ホログラムのプロジェクションなのか、すぐにはわからないくらいだ。

きらびやかなショーはすぐに終わる。

イジャルコルの近くの床から銀色の階段が迫りあがり、両テラナーが立つプラットフォームにとどいた。戦士が十二段の階段をのぼり、同時にふたりを抱きしめようとするかのように、腕を大きくひろげた。

　プラットフォームにあがると、先に立って階段をおりるようふたりをうながす。ダントンとテケナーはいわれたとおりにし、イジャルコルは重々しい足どりでそのあとにつづいた。

　ふたりがホールの床におりたつと同時に、床からちいさなプラットフォームが迫りあがり、ふたたびふたりを高みに押しあげた。足が戦士たちの頭と同じ高さになり、全員がふたりを見あげる恰好になる。

「ロワ・ダントンとロナルド・テケナー！」イジャルコルがふたたび、人工的に増幅された声を響かせた。「きみたちはオルフェウス迷宮から脱出した。わたしをふくめ、すべての戦士たちを失望させなかった。きみたちは感謝と評価と賞讃に値《あたい》いする」

　戦士たちのささやき声がその言葉を裏づけた。

「この偉業を称えるには、言葉だけではたりない」イジャルコルが先をつづける。「わたしはここに、過去のきみたちの行為すべてについて、全般的な恩赦をあたえる。それらの行為についてだれも今後は言及せず、何者もきみたちを非難しない。新しい地位の証《あか》しとして、きみたちには〝ジオム・ソム銀河の自由人〟という名誉称号をあたえる」

　集まった者たちから盛大な拍手が湧き起こった。トロヴェヌール銀河のオルフェウス迷宮の支配者であるヤルンだけは、見るからに自制している。

静寂がもどると、イジャルコルは讃辞をつづけた。

「この特別の栄誉と称号の授与にくわえて、きみたちの願いを叶えるのは、法典の精神にもよく合致する。いますぐなにかを望んでもいいし、時間をかけて考えてもかまわない」

ダントンとテケナーはちらりと視線をかわしただけでたがいの考えを確認し、ローダンの息子が口を開いた。

「まず、名誉の回復と〝シオム・ソム銀河の自由人〟の称号の授与に感謝する。あなたの寛大さは尊敬に値いする。望みはこれから話すが、それはいま、イジャルコル、あなたの善意によってもたらされたものにほかならない」

「聞こう」そう応じたイジャルコルは、明らかにダントンの言葉をおおいによろこんでいた。

「われわれの望みは、イジャルコル、あなたにさらに大きな栄光をもたらす大業をなしとげること。それがわれわれの望みであり、感謝の印でもある」

イジャルコルは一瞬、あっけにとられた表情を浮かべた。もちろん、お世辞だということはわかっている。だが、自由の身となったふたりの態度を、おもしろがってもいるのではないか？

「きみたちが恩赦と賞讃の価値を理解していることに、よろこびと驚きをおぼえる……ほかの戦士たちもわたしと同じだろう。それはきみたちの名誉をさらに増すことになる。では、どのような大業をなしとげるつもりなのか教えてもらいたい」

「その点については、熟考する時間をいただきたい」ダントンがいった。「自由になってまだ間がないので、あなたの名誉を高めるにはなにをすればいいのか、まだわからないから」

イジャルコルが身振りで同意をしめす。

そこでアヤンネーが発言した。

「これは祝宴の理由になるだろう。会議の再度の中断を提案する。きょうという日は、この勇者ふたりのものだ」

これも意に沿う提案だったが、イジャルコルは採決を待つことにした。だが、その前にグランジカルが大声でアヤンネーを支持し、投票はせず、会議の再開は翌日に持ちこそうと主張する。イジャルコルはこの発言によって、議長権限で反論を禁止した。

スーフーは助言者のロットラーと小声で相談し、抗議はしないことにした。

こうして具体的な成果がなにもないまま、戦士会議の一日めは終了した。

イジャルコルはシオム・ソム銀河の自由人ふたりをみずから案内して、ホールから出ていった。

＊

ダントンとテケナーはイジャルコルの部下に案内された宿所におちついた。衛生セルがふたつあるダブルルームで、宮殿の一階に位置している。石づくりのヴェランダは巨木の生い茂る広大な緑地の公園にそのままつづいていた。

入口に配置されたサーヴィス・ロボットは、かれらの命令しか聞かないらしい。

スマイラーは無言で外を指さした。ダントンはうなずき、両テラナーは居室をあとにした。ロボットがついてこようとしたが、ダントンがもどれと指示した。

外に出て、ひろい芝地の中央を選び、足をとめる。

「なかでは盗聴されているかもしれないからな」スマイラーが小声でいう。「ここならじゃまも入らないだろう、名誉あるシオム・ソム銀河の自由人」

「そのとおりだ。そろそろすこし考えてみてもいいだろう。われわれがあげた成果には、ペリーもおおいに満足するはず。かれの意に沿っているから」

「われわれ自身の満足も考えないとな」と、テケナー。「わたしの最終目的はつねに変わらず、ジェニファーを見つけて解放することにある。そのための方法がひとつしかないこともわかっている。戦士たちに決定的な打撃をくわえるのだ。自由人となったわれわれには確実に、以前よりも大きなチャンスがある。どうやら秘密の協力者もいるようだし」

「Ｏｋ＝２か」ダントンがうなずく。「その背後にもだれかいるらしい。何者だろう？」

「わからない。ただ、ネットウォーカーが巧妙に糸を引いているのはたしかだろう。Ｏｋ＝２に依頼したのが、会議に参加しているだれかである可能性さえある。もちろん、戦士ではない。それはありえない。だが、かれらの助言者のだれかが、ペリーとネットウォーカーのために動いているとは考えられないか？」

「どうしてそう思うんだ？」

「われわれが助けられたからだ。その者はくわしい情報を知っているということ。そう考えると、戦士の助言者くらいしか思いあたらない。いずれにせよ、われわれ、この衛星で孤立無援ではない」

「イジャルコルの態度はどこか芝居がかっていた」ダントンが考えながらいう。「恩赦や名誉をあたえるのが気にいらなかったようだ。あるいは、この大規模会議が思うように進んでいないのか。とにかく、不満そうだった」

「両方ということもあるな」と、テケナー。「いずれわかるだろう。なんにせよ、道はもう決まっている」

こうしてふたりは本音で語り合った。

宿所にもどる途中、突然、なにかちいさな物体が両テラナーの足もとに落ちてきた。おや指大のケースのなかに紙片が入っているのが見える。どこからきたのかはわからない。

ダントンがケースをひろいあげ、紙片をとりだして、書いてあることを読みあげた。

「盗聴を警戒するのはいいことだが、それだけでは不充分だ。ライニシュはまだ近くをうろついている。これからもあなたたちを排除しようとするはず。わたしがつねに守れるわけではないので、充分に注意してもらいたい。Ｏｋ＝２にはもうたよれない。ライニシュがカポクを、つまりＯｋ＝２を殺してしまったから。あなたたちの意図は部分的にはわかっているので、全力で支援する。わたしが考えているのは、戦士会議で議論されている生命ゲームのことだ。このメモは食べられる。あなたたちの友より」

「罠では？」

「そうは思わない」ダントンは紙片を口に入れ、のみこんだ。「真剣な警告だし、ライニシュはカポクがＯｋ＝２であることなど知らないはず。〝生命ゲーム〟というキイワードも気になる。わかるか？」

テケナーはうなずいただけだった。

居室にもどろうとヴェランダに入る。ダントンが先行した。突然、スマイラーがかれの襟首をつかんで引きもどし、ダントンは驚愕した。

「ロボットがさっきと違う」と、テケナー。「入れ替わっている。気をつけろ！」

「なにもかもが怪しく見えてるだけじゃ……」

ダントンはそれ以上なにもいえなかった。室内で爆発が起きたのだ。ふたりはヴェランダに投げだされたが、けがはなかった。ロボットの破片が、粉砕された窓から渦を巻いて飛んでくる。

「なかに入って身をかくそう！」テケナーがいった。「最初にだれがやってくるか、見ものだな」

「なんて図太いんだ！」と、ダントン。「われわれが狙われたのに」

「わかっている」スマイラーは冷静そのものだ。ダントンを引きずるようにして荒れてた居室に入り、ヴェランダに出る半壊した戸口近くの、倒れた椅子の陰に身をひそめる。その横には焼けただれたロボットの胴体が転がっていた。爆発物はその頭部にしかけられていたようだ。

ダントンは近くのクローゼットのかたむいた扉の陰に身をかくした。

長く待つ必要はなかった。足音が近づいてくる。人影がふたつ、居室の入口の瓦礫《がれき》のあいだから姿を見せた。

「早くしろ！」ライニシュだ。やはり侏儒の同行者に声をかけている。「ふたりを始末できたかどうか、たしかめるのだ」

毛深い小柄な生命体が武器を手にして室内を見まわした。テケナーは椅子の陰にかくれていて、見つかることはない。

「いまだ！」ダントンが叫び、ライニシュの同行者に突進した。

テケナーはライニシュに椅子を投げつけ、同時に跳びかかった。ハトゥアタノのリーダーが驚きから立ちなおったときには、すでにスマイラーがロボットの外殻をかれにかぶせていた。相手から武器を奪ったダントンがすぐに駆けつけ、ライニシュの頭に銃口を突きつける。

「動くな、ちび！　シオム・ソム銀河の自由人でも、武器を持たない相手を殺すのは気が引ける」

ライニシュの仲間はダントンの攻撃で気絶して床に倒れていた。意識をとりもどし、逃げようとする。両テラナーはそのまま逃がしてやった。

「黒幕を押さえたからな」テケナーがライニシュを指さしていう。「こいつはイジャルコルにさしだす。この冒瀆的な行動を知ってなんというか、興味津々《きょうみしんしん》だ」

外の通廊から声が聞こえた。一ソム人が破壊された戸口から入ってくる。うしろには武装した監視ロボットと、さらに数名のソム人がいた。

「ここでなにがあったんです？」と、先頭のソム人。

「何者かが、シオム・ソム銀河の自由人ふたりを殺そうとしたのだ」テケナーが答えた。

「暗殺は失敗し、犯人はわれわれが捕らえた。戦士イジャルコルを呼んでこい。すぐにだ！」

ソム人は一瞬ためらったあと、指示にしたがった。まもなく戦士が重武装グライダーで到着、部下たちの報告に耳をかたむけた。テラナーのためのサーヴィス・ロボットが隣室で停止していたことも判明する。ダントンとテケナーはしばらく口出しをひかえた。

「ライニシュを解放しろ！」イジャルコルがいった。「これ以上、きみたちに手出しする気はないだろう」

「そうはいかない！」ダントンが怒りをこめて応じる。「われわれは自由な地位を獲得したはず。なぜ、あなたの宮殿で襲撃されるなどということが起きたのか？　こんなとんでもない行為には償いが必要だ。あなたからも、責任ある説明をうかがいたい」

「ここではわたしがすべてを決定する」戦士が雷鳴のような声でいった。「正義に値いする者には正義がなされ、罰に値いする者には罰があたえられるだろう」

そこで部下に合図する。

「もうさがっていい！　あとはわたしひとりで対処する」

見張りのソム人はおとなしくロボットを連れて引きあげた。イジャルコルがライニシュのからだからロボットの外殻を引き剝がす。侏儒は不幸を一身に背負ったような顔をしていた。

「なにをしたのだ、冒瀆者?」と、戦士がパニシュにたずねる。

「見間違いです。相手をとり違えたのです、わが主人」ライニシュが泣き言をいう。

「ほんとうに申しわけありません」

「罰はまぬがれないぞ、おろか者」

イジャルコルは侏儒を部屋の外に引きずりだし、部下に引きわたした。そのあと両テラナーに向きなおる。

「今回の件は申しわけなかった。すぐにべつの居室を用意させ、見張りも厳重にする。ライニシュには見合った罰をあたえる。二度ときみたちに手出しすることはない」

「ライニシュの話は嘘だ!」ダントンが主張した。「状況から見て、ほかのだれでもない、われわれを狙ったのは明らかだ」

「その点ははっきりさせる」戦士は曖昧《あいまい》に答えた。

「こんなこと、エトゥスタルではけっして起きないだろう」テケナーがいった。

「エトゥスタル?」戦士がその言葉に食いつく。「エトゥスタルのなにを知っている?」

スマイラーは即座に、相手の痛いところを突いたことに気づいた。ちょっとしたブラッフをかけてみることにする。

「われわれ、そこに行ったではないか。あなたといっしょに。あなたも知っているはずだ。どうやら忘れているようだが」

「だれがそんなことをいった？」イジャルコルは威嚇《いかく》的な姿勢をとったが、テラナーはひるまなかった。

「そうとしか思えんな」と、スマイラー。「あなたのようすを見るかぎり」

「嘘だ！　最近では、あらゆるところで無意味な噂が飛びかっている。きみたちはエトゥスタルにいたときのことをおぼえているのか？」

「ばかげた質問だ」ダントンが冷静に応じる。「戦士にふさわしくない。われわれとしては、あなたがエトゥスタルのことをおぼえていないとわかっただけで充分だ。だからあなたはエスタルトゥの存在に疑念を感じるのだろう」

「いい気にならないほうがいいぞ」と、イジャルコル。「自由人であっても、その権利には限度がある。叶えたい望みが決まったら、また話をしよう。きみたちのためにも、あすまでに決めておくことだ。あとのことは部下にまかせる」

　かれはそういうと、返事も待たずに破壊の現場から立ち去った。

「ふむ」ダントンはちいさな笑みを浮かべた。「悪くない。状況はよくなってきている」

*

その晩、イジャルコルの宮殿に滞在する者たちは、ほとんどがまんじりともしなかった。そのわずかな例外はロワ・ダントンとロナルド・テケナーだった。

両テラナーは自信を深めていた。ライニシュとその手下があらたに襲ってこないとはかぎらないが、秘密の計画は実現に近づいている。もちろん、妻たちにいたる道のりはまだ遠い。多くの困難が待ち受けているのはまちがいない。

あすは秘密を暴露することになるだろう。確実に。

一方、ロットラーには多少の不安があった。レディが自分の忠告にしたがうかどうかわからない。エルファード人の考えでは、障害の多さにもかかわらず、すべてが順調に進みすぎていた。かれはそれを不吉な兆候ととらえた。

だが、いちばん大きな不安を感じていたのは、この宮殿の主人、永遠の戦士イジャルコルだった。

とりわけ懸念しているのがダントンとテケナーのことだ。かれにエトゥスタルでの記憶がないことを、知っているように思えるから。もしそうなら、それはすぐにだれもが知るところとなるだろう。それでなくても傷ついているかれのイメージが、さらに傷つくことになる。

イジャルコルは長いあいだ煩悶《はんもん》しつづけた。あのふたりの自由人はほんとうに、エトゥスタルでのことを記憶しているのだろうか。はっきりした答えを得ることはできなかった。かれらを問いつめれば、疑惑を深めることになるだけだったから。

一瞬、会議参加者のなかに裏切り者がいる可能性が頭をよぎる。だが、それはさすがに神経質になりすぎだと、すぐに自分で考えを否定した。

それが結局、かれの決断を大きく左右することになる。

あすの会議は、かれ自身が引き起こす大騒ぎで幕を開けるだろう。その結果、かれの評価はふたたび安定することになるはず。

かれは思った。シオム・ソム銀河の自由人ふたりにも、なにか華々しいものを見せてもらいたいものだと。

7　熱狂と茫然

翌朝になって再開された戦士会議は、最初にすこし混乱した。ムウン銀河のペリフォルがあらわれなかったのだ。かれの代表団も出席していない。〝きわめて重要な任務〟に関するゴシップがまたしてもささやかれた。〝自分の艦隊とともにスタートする〟というかれの脅し文句は、戦士たちもよくおぼえている。ムウン銀河からきた大艦隊の存在は、もはや秘密でもなんでもなかった。

イジャルコルは会議を正式に開始する前に、問い合わせるためホールから出ていった。そのため、戦士たちのあいだにはさらに不安がひろがった。

やがて紋章の門の支配者はもどってきて、ペリフォルはすぐにくるといい、当面、かれ抜きで議論をつづけると告げた。それ以上の説明はない。

投票はあらたな状況で実施されることになった。これ以上、遅滞させるわけにはいかないから。

かんたんな挨拶のあと、イジャルコルは核心的な議題に入った。

「われわれが直面している問題について、よく考えてみた」と、話しはじめる。「スーフーの提案や、エスタルトゥに関する噂について。その結果、〝明確さ〟が必要だとの結論に達した。われわれ、だれもが疑念にとりつかれている。事情を明確にするには明白な証拠が必要だ。当然、その証拠を提示するのはわたしの義務ということになるだろう」

戦士たちはイジャルコルの心変わりにポジティヴな反応をしめし、口々に賛同の叫びをあげた。スーフーだけは、急に彼女の意に沿った発言をはじめたイジャルコルに、ややとまどっているようだ。

イジャルコルが立ちあがった。

「わたしはここに宣言する」と、断固とした声でいう。「エトゥスタルに二度めの旅を敢行し、超越知性体エスタルトゥが存在すると証明することを」

一瞬、ホール内がしずまりかえった。やがて戦士たちが熱狂的な歓声をあげる。熱狂はたちまちお祭り騒ぎに変わった。イジャルコルは満足を感じた。この一手ですべての疑念を……なによりもスーフーのそれを……吹き飛ばすことができたのだ。

ちょうどそのとき、ペリフォルが到着した。だが、だれもかれの遅刻を気にもとめない。スーフーが事情を説明すると、ペリフォルも戦士たちの歓声にくわわった。

場がいっきになごんだ。

　スーフーの助言者ロットラーが女戦士に話しかけているのを気にとめる者はいなかった。イジャルコルにもっとも近い位置にいたアヤンネーとグランジカルは、実質的に投票の必要をなくしたかれの決断を褒《ほ》めそやしている。

　スーフーが正式に発言をもとめると、驚いた戦士たちはそれぞれの席にもどった。ホール内がしずかになり、女戦士が話しはじめる。

「イジャルコル、あなたの決断はわれわれの意にかなうものだ。われわれと全種族の不安を解消する方法はそれしかない。大胆さと意志の強さのあらわれといっていい。ふたたびエトゥスタルを訪れ、エスタルトゥとコンタクトするという決断は、高い評価に値いする。特別な讃辞が必要だろう」

　ほかの戦士たちからも賛同の声があがった。こぶしで熱狂的にテーブルをたたく者もいる。イジャルコルは居ずまいを正し、状況を楽しんでいた。

「その特別な讃辞について、わたしからひとつ提案がある。知ってのとおり、まもなく生命ゲームがはじまる。イジャルコルへの讃辞として、この生命ゲームを、これまでシオム・ソム銀河で開催されたなかで最大のものにしたい。われわれ、今回の生命ゲームを特別にイジャルコルに捧げるものとすべきだ。かれにはその資格がある！」

　戦士たちはこんども、正式な投票ではなく、声だけで提案に同意した。スーフーが挙手して、話をつづけることをもとめた。

「ただ、それだけでは不充分だ。この〝イジャルコル・ゲーム〟は一惑星にはおさまらない、きわめて大々的なものになる。ゆえに、このゲームの中心世界は惑星マルダカアンではなく、惑星ソムにすべきだ。イジャルコルの故郷であるシオム星系のすべての惑星と衛星が、この生命ゲームの対象となる」

戦士たちの熱い賛同の声がホール内に響いた。

イジャルコルは驚いたように周囲を見まわし、シートに腰をおろした。感動のあまり言葉も出ない。決断が認められるだろうとは予想していたが、これほどはっきりした讃辞の渦になるとは、夢にも思っていなかった。

グランジカルとアヤンネーがたがいに抱き合い、次々にイジャルコルを抱擁した。スーフーとペリフォルも、ナスチョルとトレイシーも同じようにしている。

歓声は徐々におさまり、やがてホール内はおちつきをとりもどした。

「わたしの計画に対する、正式な投票を要請する」イジャルコルはようやく自分の言葉をとりもどし、この機に乗じてためらいなく〝わたしの計画〟といってのけた。本来はスーフーがいいだしたことだったが、女戦士本人もふくめて、気にする者などいない。

投票結果は明白だった。スクリーン上に十二票の〝賛成〟が表示される。ホール内にふたたび歓声が響いた。

次にスーフーが提案した〝イジャルコル・ゲーム〟の票決にうつる。結果は十一票が賛成、一票が棄権だった。棄権したのがイジャルコルだということは、だれもがすぐに察した。

会議の雰囲気は短いあいだにがらりと変わってしまった。

ゴングが鳴り、一ソム人が足早にホールに入ってきた。イジャルコルに近づき、報告する。

「シオム・ソム銀河の自由人のふたり、ロワ・ダントンとロナルド・テケナーが、戦士会議での発言をもとめています」

イジャルコルは一瞬、いらだちをおぼえた。これがいい知らせなのか悪い知らせなのか、判断がつかない。結局、かれは承諾した。

両自由人が到着するまで、会議はふたたび中断された。

＊

ダントンとテケナーは新しい服に着替えていた。丈の長い上着はテラナーの趣味からすると派手すぎて悪趣味だが、イジャルコルの仰々しさにはよく合っている。左胸には様式化された銀河と第三の道をしめす三角形のシンボルが刺繍され、かれらがシオム・ソム銀河の自由人であることをしめしていた。

ふたりは軽火器も携行していた。ライニシュの襲撃があったあと、イジャルコルが要望に応えたのだ。

ホールには緊張した空気がみなぎっていた。ロボットがイジャルコルのうしろにちいさな演台を設置し、ホログラムの光のフィールドがふたりに進むべき道をしめした。

「決めたことを伝えにきたわけだな」イジャルコルがいった。

「そのとおり」ダントンが演台にあがりながら答える。当面はかれが両自由人を代表して話をすることになっている。

テラナーは会場を見わたしたあと、堂々たる声を響かせた。

「エスタルトゥの戦士たち！　知ってのとおり、われわれはイジャルコルの名誉を高めるために、なにかしたいと思っている。きょうの議論のなりゆきを見て、次の生命ゲームがシオム星系で開催されることを知った。このゲームがイジャルコルの名誉のためのものであることも」

その先はテケナーがつづけた。

「不遜ながら、われわれ、この決定に感銘を受けた。われわれの望みはこの生命ゲームにじかに関わるもの。イジャルコルの輝きがさらに大きくなるよう、われわれも貢献したいと思っている」

「ひと言でいうなら」ふたたびダントンが口を開く。「この最大の生命ゲームを運営する栄誉をになわせていただきたい」

「それがわれわれの望みだ」と、テケナー。

戦士たちは両自由人の言葉に驚きの声をあげ、熱狂的な支持を表明した。数名の助言者たちまで拍手喝采している。

この忠誠心のあらわれに、イジャルコルは見てわかるほど感銘を受けていた。演台に近づき、両テラナーのもとに歩みよると、ふたりのあいだに立ってそれぞれの手を握る。かれはその手を高くかかげ、勝利のポーズをとった。

重々しい声でこう語りだす。

「感謝する、シオム・ソム銀河の自由人。きみたちの望みを叶えるのは、わたしの大いなる名誉だ。わたしはすべての戦士がきみたちを理解し、わたしの決定を支持するものと信じている」

イジャルコルは芝居がかった間をとり、ホールに向かって大声で宣言した。

「きみたちの願いを叶えよう」

会議はふたたび中断された。

＊

ロットラーは自分自身にも世界にも満足していた。ただ、残念なことに、このよろこびをおおっぴらに分かち合える者はだれもいない。女主人のスーフーは同じように結果に満足しているものの、彼女は当然、戦士としての視点からしかものを見ていないので、どうしても限界がある。

　ネットウォーカーの真の目的はロットラーも知らされていなかった。ダントンとテケナーを支援するようにいわれただけだ。ネットウォーカーが強力な一撃を企図していることは見当がついたが。

　かれらが情勢を決定的に転換させようとしているのはまちがいなかった。イジャルコルはまもなくシオム・ソム銀河をはなれる。次の生命ゲームはここで開催され、ネットウォーカーの協力者ふたり、ロワ・ダントンとロナルド・テケナーはそれに深く関与することになる。かれらはネットウォーカーの利益のために行動するつもりだろう。

　ロットラーとしては願ってもないことだった。それ以上を望んだら、秘密にしている正体を暴《あば》かれる危険がある。

　ロットラーは会議が中断しているあいだに状況を調べてみた。表向きは女戦士のための調査だが、実際は自分自身のためだ。

　かれはすでに早朝から三名の部下を派遣し、ライニシュの動向を調べさせていた。ロットラーはイジャルコルが本気でライニシュを処罰するとは思っていない。ダントンとテケナーは、五段階の衆のリーダーにとって絶対に許容できない存在だ。その点には確信がある。かれが知りたいのは、実際のところ、ライニシュがどうなったのかということとだった。長期的に見れば、あの男はネットウォーカーとその計画にとって、つねに危険な存在だから。

その報告がとどいた。

ライニシュは前夜のうちに、ひそかに衛星イジャルコルをあとにしていた。移動手段と目的地はロットラーのスパイたちにも探りだせなかった。ライニシュが脱走したという噂もあったが、これはたぶんイジャルコルかその助言者が、戦士が質問で窮地におちいらないよう、わざと流したものだろう。

イジャルコルは会議の休憩中に、シオム・ソム銀河のメディアに公式コミュニケを発表していた。かれがエトゥスタルに向かうことにはひと言も触れていないが、戦士たちの〝結束がかたまった〟ことと、なによりも次の生命ゲームがシオム星系で開催されることが語られている。シオム星系の住民はこの知らせに歓喜し、それだけでも会議を開いた意味はあったといえるだろう。

イジャルコルは宿所にいる戦士たちにメモを送り、午後にペリフォルの艦隊について議論し、それで閉会することを伝えた。

＊

会議が再開される直前、ロットラーは宇宙港職員のなかにいるスパイからあらたな情報を受けとった。完全な〝正当性〟を持つと証明された異宇宙船が一隻、到着したという。ただ、紋章の門を迂回するという奇妙なルートで到着したその船に、だれが乗っているのかはわかっていない。いまのところだれも下船せず、身元も明らかにしていないから。

スーフーはロットラーの助言を受け、ホールに向かう途中でイジャルコルに声をかけたが、情報は得られなかった。未知の来訪者がいれば、閉会まで待たせておくといわれただけだ。

会議が再開され、戦士たちは決定事項を記した機密文書を受けとった。こちらのコミュニケの内容は、メディアの報道とは大きく異なっていたが、その点が議論になることはなかった。

次いでイジャルコルはペリフォルの件に言及し、その活動についてわかっていることをまとめた。ムウン銀河の戦士は強大な艦隊を編成し、その大部分をシオム・ソム銀河に移動させていた。

「きみの意図をわれわれ全員が理解すれば、かんたんに終わる話だ」イジャルコルはそう締めくくった。

「きみたちがなにを興奮しているのか、まったく理解できない」ペリフォルが自信満々に答える。「もしもきみたちが……」

その瞬間、ホールの大きなドアが音をたてて開いた。保安ロボットや警備員がさっと立ちあがり、代表団の小部屋のちいさなドアから飛びだしてくる。

ホールの入口にちいさな人影がひとつ見えた。姿かたちは戦士にそっくりだが、明らかに小柄だ。

それが片手を高くあげた。もう一方の手にはちいさな黒い箱を持っている。

プテルスだ！　進行役！

会議に集まった者たちも警備員も、ヒュプノにかかったようになる。

「席をはずせ！」イジャルコルは助手たちに指示した。

「わたしはスロルグ」プテルスが名乗った。「戦士とロボット以外、全員、ここから出ていけ！　小部屋にいる代表団もだ」

「いわれたとおりにしろ！」と、イジャルコル。

ロットラーが真っ先に外に出ていった。

「たぶんあれが謎の宇宙船の乗員です！」と、レディにささやく。「気をつけて！　決定的なことが起きようとしています」

しばらくすると、ホールにいるのは十二名の戦士とかれらのロボットだけになった。

プテルスのスロルグはホール入口から動かず、代表団の最後のひとりが出ていくのを待つ。そのあとホールを通りぬけ、イジャルコルに近づいた。

「わたしが理由もなくここにきたのでないことはわかるはず。重大な用件があって、そうするしかなかった。直接介入がどうしても必要だったのだ」

スロルグは黒い小箱を床にほうりだした。

小箱は床に触れると展開し、二メートル四方くらいのブルーの正方形になった。表面がすこし揺らいで見える。

そのブルーの表面から第二のプテルスが出現した。

「わたしはフレグ」と、それが名乗る。永遠の戦士たちは茫然とするばかりだ。

フレグは小走りに、トロヴェヌール銀河のオルフェウス迷宮の支配者である戦士ヤルンのもとに急いだ。

ブルーの受け入れ部から次のプテルスが出現。かれはシルブと名乗り、アブサンタ＝ゴム銀河の戦士グランジカルのそばにおちついた。

同じことがさらにつづく。

プテルスのオスゴは戦士アヤンネーのもとに行った。ロウグはナスチョルの助言者のシートにすわる。イスペ……女の進行役のようだが、たしかなことはわからない……はスーフーに、ビイルはペリフォルに、ノルシュはムッコルに、グリエクはシャルクに、ストルフはクロヴォルに、ワスプはカルマーに、それぞれ近づいていった。最後にエントリーが実体化し、じっとトレイシーを見つめた。

永遠の戦士たちは硬直していた。だれも身動きしない。十二名のプテルスがそろうと、スロルグがふたたび明瞭な声でいった。

「この件に関してわれわれが介入するのは必要なことだ。もちろん、会議のようすは遠方から観察していた」

やはり戦士たちの反応はない。エスタルトゥのヒエラルキーにおけるプテルスの権威はだれもが承知していた。

スロルグの声が鋭さを増す。

「エスタルトゥの名において、きみたちを背信者として告発する！」

＊

この展開は戦士たちを震撼《しんかん》させた。倒れる者や悲痛な叫びをあげる者が続出するなか、スーフーだけはパニックにおちいらなかった。

「なぜ？」と、彼女はたずねた。

「きみたちの背信は、エスタルトゥの存在に疑問をいだいただけでなく、そのことを公然と表明し、この会議の議題としたことにあらわれている」

「われわれ、〝エスタルトゥはもうここにはいない〟という噂をなんとかする必要に迫られている」スーフーは明らかに、プテルスを前にしても、すこしも臆していなかった。

「この噂はわれわれだけでなく、われわれの種族全体を苦しめるものだから」

「それは真実をねじ曲げている」イスペがはじめて口を開いた。スーフーは当惑して口を閉じた。

「きみたちの背信は重大だ」と、スロルグ。「そのことを理解していない者もいるようだが。ただ、エスタルトゥには、すぐにきみたちを罰するつもりはない。きみたちを正道に立ちかえらせることにしたから。エスタルトゥは子供たちを愛している。きみたちはエスタルトゥにとって、重要な子供たちだ」

「わたしは疑問など持っていない」カルマーが反論した。「疑問を口にしたことも、考えたこともない」

「それでも真実を認識していないということ」ワスプがいった。「だが、いまきみが悔いあらためようとしているのは、悪いことではない」

「ここに宣言する」スロルグが声を張りあげた。「エスタルトゥはきみたちを法典に忠実な道に立ちかえらせると決断した。今後、永遠の戦士には、われわれが進行役および指導役としてつきそう。きみたちのあらたな同行者だ」

かれは腕をのばし、円を描いた。

この宣言は背信者の告発以上に戦士たちに衝撃をあたえた。とまどったような沈黙がひろがり、午前中の興奮はすっかり影をひそめた。

宣言の内容はとてつもないものだが、かれらは全員、超越知性体の意志と思われるものの前にこうべを垂れた。スロルグの使った〝指導役〟という言葉がかなり婉曲なものだということは、だれもがわかっていた。

「これで状況はいささか変化した」イジャルコルが冷静になっていう。かれはプテルスのスポークスマンに向きなおった。「われわれの決定は知っているはず。敵が流している、だれもが信じていないエスタルトゥに関する噂をとめるため、われわれがどれほどの努力をしてきたかも。きみはわれわれを背信者と非難するが、われわれは支配領域内の不安をしずめ、各種族に昔ながらの自信とエスタルトゥに対する信頼をとりもどさせるため、合理的で現実的な方法を模索しているだけだ」

「わかっている」驚いたことに、スロルグはそういった。「イジャルコル、きみが噂を否定する証拠を手に入れるため、あらためてエトゥスタルにおもむく明確な意志をしめしたことは評価する」

　戦士たちのあいだにほっとした空気が流れる。

「それだけではない」スロルグは言葉をつづけた。「わたしもイジャルコルとともにエトゥスタルに行き、もとめる証拠を探すあいだ、つねにそばにいることにする。かれが証拠を持ってシオム・ソム銀河にもどり、冒瀆的な噂に終止符を打つときも、わたしはそのそばにいるだろう」

その言葉はプテルスの最初のきびしい口調にくらべ、多少おだやかになっていた。

「誤解しないでもらいたいのだが」スロルグがつけくわえる。「きみたちの決定に直接干渉するのは、われわれの本意ではない。ただ、エスタルトゥの意志はきみたちを真に法典に忠実な道に導き、ここで耳にしたような冒瀆的な考えや言葉を阻止することにある。次の生命ゲームをマルダカアンではなくシオム星系で開催するという決定に対しても、われわれは批判や反対をするつもりはない」

スロルグはそこで一拍おいて、しずかに先をつづけた。

「いうべきことはすべていった。あとはきみたちが、助言者や部下たちに状況が変わったことを伝えるだけだ。会議をつづけ、結論を出すがいい」

「休憩を宣言する」イジャルコルが急いでいった。「同行者たちにも伝えてもらいたい」

＊

十二銀河帝国の数ある伝説のなかに、ムウン銀河の番人の失われた贈り物がある。この伝説はムウン銀河のすべての居住惑星で知られており、そこには無数の原始世界もふくまれる。

伝説にはさまざまなヴァリエーションがあるものの、共通するのは、かつて超越知性体エスタルトゥがプテルス種族に贈った宝の存在だ。

この伝説のほぼすべてのヴァージョンにおいて語られる、核心的な一文がある。ムウン銀河の番人の失われた贈り物から貴重な宝のひとつを手に入れた者は、エスタルトゥの栄光のいくばくかを自身のなかにはっきりと感じることができるであろう。

だが、ムウン銀河の番人の失われた贈り物の実態を知っているのは、事情に通じた一部の者だけだ。

それは奇蹟か？　たしかにそうだ。広義の武器？　その可能性もある。あるいは権力の道具だろうか？

*

ホールに再集合した永遠の戦士たちは、まだ熱狂と当惑のあいだで揺れ動いていた。助言者たちはふたたび戦士につきそうことを許され、進行役たちはしずかに後方にひかえている。

ロットラーはイスペと話をしようとしたが、プテルスはそれを拒み、自分の席で女戦士のそばにいるようにといった。

「ほかに動議がなければ議論を打ち切って、ペリフォルに説明と回答をもとめる！」と、イジャルコル。

ムウン銀河の永遠の戦士は進行役のビイルをちらりと見たが、相手はなんの反応もしめさなかった。

「大騒ぎするようなことではない」ペリフォルが話しはじめる。「わたしが受けた依頼だったから、説明する理由がなかっただけだ。その依頼とは、大艦隊にできるだけ多くの番人の失われた贈り物を積みこみ、それを携えて異銀河に向かうというもの」

「どの銀河のことをいっている？　だれからの依頼だ？」スーフーが大声でたずねる。

ほかの戦士たちもその答えが知りたいという意思をはっきりとしめした。

「依頼主には解決すべき問題がある」ペリフォルはほかの戦士をじらして楽しんでいるようだった。「それにはわたしの助力が必要だ。依頼主の問題がどういうものなのかは、わたしも知らない。エスタルトゥの戦士たちよ、本来、行き先の銀河と依頼主について、きみたちに話す必要はないはず。この依頼はとりわけ名誉なものだから。だが、話せばきみたちから喝采だけでなく、羨望の視線も向けられることになるだろう」

「聞こう」イジャルコルが簡潔にいう。

「行き先は銀河系。依頼主はほかならぬ、ソト＝ティグ・イアンだ」

銀河ギャンブラー

K・H・シェール

登場人物

ジェフリー・アベル・

　　ワリンジャー……………………ハイパー物理学者

ラトバー・トスタン……………………テラナー。銀河ギャンブラー

ポージー・プース………………………スヴォーン人。トスタンの相棒

スルシュ＝トシュ………………………マモシトゥ。首席利益計算者

1

もう脅されるのはたくさんだ。高エネルギー・ブラスターの熱線も、ほとんど効果をしめさない。それでなくても暑くて水が不足しているのに、恒星並みの温度の熱線と爆縮熱波が相《あ》いまって、進むべき道を荒廃させてしまう。

突然、これまでと同じように、あらたなコンテナが出現した。

ふたたび〝死体〟が迫ってくる。

ぴかぴかのコンテナに目をやると、やはり不気味な人影が威嚇《いかく》するような姿勢を見せていた。骸骨の上に羊皮紙を貼りつけたような上体がのびあがる。ひろい領域をカヴァーする機械のように強靭《きょうじん》な骨張った腕が、筋肉などなさそうなのに、前方に突きだされた。大きすぎる黄ばんだ歯を見せて、しゃれこうべがにやりと笑う。

「消え失せろ！　わたしにかまうな……」脅された男はしわがれ声で叫んだ。

死体はぼんやりとしか見えない腰に右手をのばした。腰にはなにか金属製のものが固定されている。

何度も警告を無視されてきた男は、そんな動きを黙って見てなどいなかった。これまでもがまんできなかったが、対抗処置をとる前に警告はしてきた。今回もそうしただけだ。

前回脅されたとき、ブラスターのかわりにベルトに吊るしておいた武器をすばやくつかむ。ホルスターに組みこまれた作動装置に羽根のように軽く触れただけで、武器が飛びだしてきて手のなかにおさまった。

かれの動きは敵と同じくらい機敏で、射撃の速度と正確さは敵以上だった。

不気味な相手の胸のあたりに命中。爆発で生じた白熱の火球がコンテナと、そこから出現した死体を引き裂いた。

いや、破壊したのはコンテナだけだ。不気味な相手はまだそこにいて、歯をむきだして笑っている。

爆発の轟音《ごうおん》がひろい空間に拡散していった。脅された男の手には、外観だけが最新の熱線銃に似た武器が握られたままだ。

「友よ、もう撃たないでください！」甲高《かんだか》い、さえずるような声が聞こえた。「それはあなたの鏡像です。もうやめてください、友よ！」

最後の言葉はすすり泣きに変わった。大男は振り向いて、声の主を探した。急に襲ってきた痛みにたじろぎながらたずねる。

「なぜ……なぜ突然それがわかったんだ、キュウ公？　わたしもいま気づいた。あそこに見えるのはわたしだ。つまりこの数ヵ月、自分の鏡像を穴だらけにしていたということ」

「穴だらけ？」甲高い声が問いかえす。「それが指向性核融合のもたらすカオスについての、あなたの理解なんですか？　われわれをこんがり焼きあげかけ、コンテナの中身を破壊しかけておいて。中身は食糧と水なんですよ」

男は武器をホルスターにもどし、笑いだした。

同時に、頭蓋を引き裂くような痛みにいきなり襲われたと感じる。笑いつづけるのは苦痛だったが、かれは大きく口を開け、喉が痛くなるまで笑い声をあげつづけた。そのあと、いきなり笑うのをやめ、よろめきながらシートを手探りする。

こんどは勢いよくすわったりせず、頭痛にさわらないよう、慎重に腰をおろした。「キュウ公」と、ちいさく声をかける。「キュウ公、その存在しない頭蓋骨のなかにはどう見える？　つまり、もっとも高い確率できみの脳が組みこまれていると思える、生物学的構造のなかって意味だ。なにを感じているのか教えてくれ」

「おぞましい。まったくもっておぞましい」甲高い声が答えた。「そして痛い。まるで舞台の幕が引き裂かれたみたいです」

生ける骸骨のような男がうなずく。頭が突き刺されるように、割れるように痛んだが、無視した。

「それはよかった！　たいした痛みじゃないわけだから。ちび、われわれ、すぐに元気になる。さっきの爆発のおかげかもしれない。で、われわれが同時に元気になるのは偶然だと思うか？」

「友よ、わたしは死にそうです」ホールのはずれにいる第二の存在がすすり泣いた。「とても痛い。脳内でなにかが割れて、火花を散らし、閃光を発してます。まるで自分が万華鏡《まんげきょう》になり、カオスになり、荒廃し、虐待され、侮辱され……」

「……ごみ箱に投げ入れられた気分か」骨と皮ばかりになった大男があとを引きとる。「わたしがつくりだした神マンモンにかけて……その助けを借りて、わたしは銀河系のあらゆる愚者たちのポケットからソラー紙幣を巻きあげてきたわけだが……いいや、ちび、そんなことがあっていいはずがない！」

「なにがです？」つぶやいたのは身長わずか三十センチメートルの知性体だった。その短い脚で、生ける死体に向かってよろめき進む。「なにがあっていいはずがないですって？」

「急に思いだしたんだ。自分がいわゆるギャンブル中毒で、自由貿易惑星レプソに最高級カジノを所有していて、そのうえマンモン教の教祖だってことを。詐欺目的でつくったこの教団で何百万と稼いだもの。ちび、わたしは銀河系で最高のいかさま師なんだよ」

骸骨は痙攣《けいれん》するような笑い声をあげた。頭痛がひどくなるにつれ、笑い声も大きくなるようだ。

「なんといまわしい！」小生命体は憤慨した。「どうしてそんなことをいったり、実行したりできるんです？　ですが、わたしはもうほんとうに死にそうです。これ以上は耐えられない」

「例の万華鏡か？　そんなもの忘れてしまえ。人々はだまされたがっているんだ。わたしの首席ボディガード、フィンザー・ボコシュもそういっていた。エルトルス人の母を持つエプサル人だ。だった、というべきだな！　わたしが撃ったから。いや、撃ちはしなかった！　ますます頭がはっきりしてきたぞ。ボコシュはわたしにマンモンの護符を要求し、ブラスターで脅してきて、その美しく装飾された銃を撃ったとき、硬直したんだ。爆弾が爆発し、かれは瞬時に氷結した。つまりそういうことだ」

「あなたが恐ろしい」と、甲高い声がいう。「いったいどんな時代に生きてたんですか？　つまり……それはいったいどんな時代の記憶です？　話が抽象的で、いらいらします」

「なにをばかな！」と、大男。荒々しい声がだいぶ柔らかくなった。「こっちにこい！　わたしの肩に乗ったほうが楽だろう」

かれはテラのキュウリに似た生命体をそっと手でつつみこみ、自分の裸の胸にしずかに押しあてた。そのときようやく、上半身の戦闘コンビネーションをベルトのところまで脱いでいたことを思いだす。鏡像が死体に見えたのも無理はない。

小型生命体はすすり泣きながらかれの腕に沿ってからだを曲げ、筋肉質の脚を苦しそうに痙攣させ、四本の腕の先にある手で友の肩をまさぐった。

「このほうがいいだろう、ちび？　わたしはきみのことがそこそこ気にいっている。知っていたか？」

「そこそこ？」生命体が不満そうに泣き言をいう。「こっちはあなたがとても気にいってるのに。がさつで、粗野で、まったくもって教養がなく、とんでもなく無遠慮だとしても。あなたの倫理観は同情に値《あた》いしますが、いずれ矯正できるでしょう」

「楽天家だな！　わたしを矯正しようとした者はたくさんいた。自分ががさつだとは思わないが、正直すぎるということはあるだろう。それがひどい冒瀆《ぼうとく》に聞こえるのかもしれない。隣人に真実を伝えれば……敵をつくることになる」

キュウリ形生命体は返答をひかえた。かれの友は独特の人生観の持ち主らしい。

「しっ！」大男がささやいた。骨張った右手が武器のホルスターにのびる。

「すぐ武器に手をのばさないと気がすまないんですか？」と、キュウリ形生命体。「生まれついての悪党ですね？」

「しずかに！　コンテナが出てきた壁の向こうから物音が聞こえる。いや、わたしは生まれついての悪党ではない。もしそうだったら、ＵＳＯの最高指揮官、政務大提督アトランの命令にしたがい、無辜《むこ》と思える者たちに向けてコルヴェットのトランスフォーム砲を撃ちこんでいただろう」

　キュウリ形生命体は四つの手を友の浮きでた肋骨に当て、上体を起こした。先細りの頭部には線の細い顔らしきものがあり、そこに大きな目とちいさな口があった。

「それも思いだしたことですか？　でも、友よ、政務大提督アトランは何世紀も昔の人物ですし、ＵＳＯなんて歴史の授業で聞いたことがあるだけです。知っていますか？　それは〝赤ちゃんがえり症候群〟ですよ」

　キュウリ形生命体は頭髪のない死体のような頭蓋骨の落ちくぼんだ目をのぞきこんだ。すでに唇はなく、骨質の細い隆起があるだけなので、不気味な笑みを浮かべているようにしか見えない。だが、かれが笑みを浮かべたいのでないことはわかっていた。なんとかして歯をかくそうとしているのだ。

「ああ、思いだしたことだ。だが、わたしが思いだしたことを、どうしてきみまで思いだすんだ？　理屈に合わない。わたしなら、赤ちゃんがえり症候群ではなく、〝遠い過去に記憶の重心をおいた現実の分割〟と呼ぶな。自分がテラで生まれたことも思いだした。若いころの記憶まで鮮明に。これは高齢の老人にしか起きないことだろう。現在のことは曖昧《あいまい》で、隣人の名前もほとんどわからないが、遠い過去の出来ごとは細かく描写できる。きみの記憶はどうだ？」

「同じです。それにしても、あなたは精神分析医みたいだ。ああ、うん、当然ですね……あのときのあなたはそうだったわけですから」

「あのときの？　自由貿易惑星レプソのマンモン・カジノの経営者という以外に、わたしがなんだったというんだ？　待て！　次の記憶がひらめいた」

名前のない男は沈黙し、痛む頭でじっと考えこんだ。キュウリ形生命体も黙って苦痛に耐えている。ただ、大脳全体の再生プロセスがはじまっているのは明らかだった。あの爆発がきっかけだったのだろうか？

「気がついたんだが」と、大男。「ちび、わたしはもう、がまんできないくらい空腹だ。自分の姿に感謝するんだな。わたしはキュウリのサラダが好きじゃない」

かれの右手が小生命体の細長いからだをなでる。相手は突然、男の胸から跳びはなれた。ちいさな口を尖らせて憤慨し、美しい目には涙を浮かべている。

「ぺっ！　もう一回、ぺっ！　あなたはほんとうに病気ですよ。まさか本気でわたしを食べるつもりじゃないでしょうね？」

生きている死体は喉の奥から笑い声をあげた。頭上高くにある光源の光が羊皮紙のような頭皮に反射する。

「おちつけ。まだそこまでは堕落していない。本題に入ろう、キュウ公！　記憶の断片で自分を苦しめるのは疲れるだけで、生産的じゃない。わたしは現実主義者だ。コンテナになにが入っているのかたしかめよう。ほかにもやることはあるが」

「あなたの不快なひたむきさのことを忘れてました。なんでそう思うのか、思いだすのはこれからです。待ちましょう！」

骸骨の手がふたたび友の細長いからだをなでた。下端部はわずかに後方に曲がり、先細りになっている。皮膚は黄色で、四本の腕と両脚と背中の部分にブルーグリーンの筋があった。上端部に統合された顔には、ターコイズにきらめく、細くかわいい髪がかかっている。

「美しい。とても美しい。歴史的な画家の絵のようだ。こんなキュウリを使ったらサラダも引き立つだろうな。ところで、ちび、きみはなにも身につけていないようだが、恥ずかしくないのか？」

キュウリ形生命体は自分のからだを見おろし、驚きの声をあげて、ふたたび暴《あば》れだした。男は笑って、友をそっと床におろした。

ちびはイタチのようにすばやく自分の巣に姿を消した。穴のあいた樽のような金属製の物体だ。

「ほんとうにすみません」ちいさな声が聞こえた。「いままで感覚を制御できなかったんです。許してください」

大男は立ちあがり、両手で頭をかかえた。痛みはずっとつづいているが、大波や、不意の刺すような痛みはなくなっていた。

「大げさだな、ちび！　マンモンにかけて、あのばかげた黄色いずだ袋をどうする気だ？」

「あれはわたしの戦闘服ですよ、皮肉屋め」ちびが甲高い声でいう。「ＴＳＳとも呼ばれます。失礼な言葉づかい、すみませんでした。どうかしてました」

「かまわないさ！　ＴＳＳとは？　キュウ公、きみが頭と呼んでる場所に、なにかたたきつけたほうがいい。痛みが記憶を呼び起こすから。ＴＳＳとはなんだ？」

ちびはしばらく黙りこんだあと、樽のなかから自信のなさそうな、問いかけるような口調で答えた。

「ツナミ・スペシャル・セラン、でしょうか？　これを聞いてなにか……？」

「いや、なにも思いあたらない」と、身長二メートルの大男。「急げ！　コンテナの中身が知りたい。きみがいったとおり中身が食糧と水だったら、次はそれがどこからきたのか知りたい。自分の名前がわからないので、それも知りたい！　満足したか、全裸男？」

「なんてことを！　わたしの尊厳が……」

そこでまた言葉がとぎれる。がりがりに瘦《や》せていなければ巨人といえるだろう骨と皮だけの男は、楽しそうにこういった。

「空腹がおさまるまで忘れているんだな。雷鳴にかけて、エネルギー・ロックがきかなかったら、磁気バンドをかけろ！　気密はたもてよ」

キュウリ形生命体は怒りをおさえ、樽の出口に姿を見せた。

「おお偉大なるマンモン、いまあの者は防水処理されたように見える！」テラ生まれの男がうめくようにいう。

「技術に精通してるようですね」ちびが憤然と決めつける。「いいでしょう、探索をはじめましょう。わたしのシントロン・マイクロコンピュータは接続回路ごと故障してますが。ふん、大きな友、気づいてなかったんですか？」

キュウリ形生命体は満面の笑みをテラナーに向けたが、かれは目もくれず、コンビネーションの上半身を引きあげた。すぐに心地よい涼風を感じる。

「どうして上半身裸だったんだろう？」と、声に出して考える。「ちび、どうやらわれわれ、理屈に合わないというより、ばかげたことをしていたらしい。武器は持っているか？」

「不作法な質問だと思いますが。いつもそんなことばかり考えてるんですか？」

「いつも？　どうしてそう思うんだ？」と、大男。「ジャングルに踏み入るときは、予想される危険に対処できる武装をしておくってだけのこと。そうしない者は、わたしにいわせればおろか者だ」

「見解の相違ですね！　わたしは親切や信頼について話すほうが好きです」

「それはすばらしいことだ」テラナーが冷静に応じる。「だが、本能的に嚙みついてくる毒ヘビはどうなる？　武器を持っているのか、いないのか？」

髪の毛のように細い白熱したエネルギー・ビームがかれをかすめ、はるか遠くの金属壁に当たって壁面を溶かした。大男にはちびの下の右手のすばやい動きが見えなかった。いま見ると、爪楊枝《つまようじ》の半分くらいの大きさのミニチュア・ブラスターがきらめいている。

その武器は五本指の手のなかに出現したのと同じようにすばやく、どこかに見えなくなった。ちびの手にはおや指二本のほか、そろって同じ長さの指が三本ある。

「すばらしい！」骨と皮の男がいった。「そうでなければ、わたしのそばにはいられない。のろまといっしょに行動はできないから。われわれが一蓮托生だってことはわかっているな？　運命を克服するんだ！　このコンビベルトの左側のポーチは、まるできみに合わせてつくられた輸送袋みたいだ。これに入れて運んでやろう。さ、入れ！」

2

テラナーは無意識のうちに、自分はたぶん間違いをおかすだろうと思っていた。脳の働きが正常にならないかぎり、とりわけ、記憶がすっかりもどらないかぎり、的はずれな行動をとりかねない。その点に気づいただけでも驚くべきことだ。

かれが撃ったコンテナはからだった。その表面にかれの上半身がうつっていたのだ。ちびは中身を勘違いしていた。かれらがかなり長いあいだ滞在していたらしいその場所は、雑多な物品であふれていた。いくつか調べてみると、まるで見知らぬ装置だというのに、その使用目的はすぐに見当がついた。明らかに、ロードローラーなど、建設作業用のマシンだ。

そんなことがわかる理由は記憶の奥底に眠っていて、引きだすことはできなかった。それ以上の調査は手びかえて、次の記憶の覚醒をしずかに待つことにする。ただ、そこにはかれがすでに認識している危険が存在した。

とりわけ、かれがその上で寝ていたものだ。さっきまで〝長椅子〟だと思っていたが、そうではない！　柔らかいクッションは発泡スチロールのような梱包材で、カタストロフィが起きる直前に、最低限の防護のため、急いでかき集めたものらしかった。

そのカタストロフィから標準暦で数カ月が経過していると、ちびは主張した。異常な深層睡眠状態で数カ月をすごしたとすると、その間の栄養問題はある程度説明がつく。動物が冬眠するように、肉体の活動をぎりぎりまで低減させたのだろう。そうでないなら食糧が、また、なによりも飲料水が手近にないとおかしい。

自分たちはどこからきたのか？　あのコンテナで運ばれてきたのか？　かれはブラスターでコンテナをいくつか破壊していた。自分の鏡像を敵だと思い、危険を感じたから。

シリンダー形のコンテナが運ばれてきた経路を探すと、すぐに見つかった。

その構造物を前にすると、思わず大きなうめき声があがった。

「信じられない！」ちびが甲高い声でいう。「ここにあるマシンが通れる大きさじゃありません」

「まったくだ。エネルギー供給装置、反重力プロジェクター、精密な自動操縦のためのプログラミングずみ操縦コンピュータ、そしていきなり、われわれの目の前には原始的なベルトコンベアがある。推進機能のない、シリンダー形の駆動ローラーで動くやつだ」

ちびが身を乗りだして一ローラーを調べる。

「恐ろしく粗雑な、原始的なボールベアリングで回転するようです。友よ、ひとつ考えがあるんですが」

「それは興味深い。どんな考えだ？」

「これは非常用発電装置に似てます。すべてが停止しても……これは機能するはず。いま思いだしたんですが、補給コンテナが出てきたときに異音が聞こえました」

「ベルトコンベアの作動音だな」テラナーは考えこんだ。「よし、ここではすべてが設計者の計画どおりに動いているわけではないと仮定しよう。だったら、原因を突きとめる必要がある」

かれは小柄な知性体に目を向けた。

「またポーチに入るか？」

「いえ、ベルトコンベアの上を歩いていきます。友よ、不安でしかたがないんです。ここはどこで、われわれ、どうやってここにきたんでしょう？」

「どことというなら、建設マシン倉庫だろう」と、テラナー。「キュウ公、どうもだれかがこの細頸を狙っている気がする。だからわたしも悪辣《あくらつ》になる」

「そんなことといわないでください」と、ちび。「なにをする気です？」

「武器の掌握《しょうあく》だ。ほかになにがある？　それとも、わたしがこの状況で、なんの成算もなく隣室に突っこんでいくとでも思うのか？　さっき高エネルギー・ブラスターを使ったな。あれは一次融合システムで作動するんだろう。放射フィールドも形成されていた。核反応と同じプロセスだ。たとえばシントロン・コンピュータのような、五次元ベースではない。シントロンの記憶データはどうせ消去されている。つまりわれわれ、呼びだして相互参照が可能な、あらゆる分野の数百兆の知識を失ったということ。わたしの眠っている記憶にも同じことが起きている」

かれはユーモアを感じさせる笑い声をあげながら武器を点検した。そのうちのひとつ、高エネルギー・コンビ銃は、かれのライトグリーンのコンビネーションの左胸にある磁気ホルスターにおさまっていた。ベルトのホルスターにも似たような外観の装置があったが、そちらはエネルギー源なしで作動する。

「そんな恐ろしい武器、どこで手に入れたんです？」ちびがショックを受けたようすでたずねた。「ビームが見えませんでした」

「わたしはギャンブラーでね」大男がうなずいていう。「そういう連中は、ふつうの者たちが持っていないようなものをポケットや袖口に忍ばせているものなんだ。自分でもびっくりするくらい。薬莢《ケース》レスで安定的な、可変目標追尾機能のある相互結合弾というのを聞いたことはないか？」

「知りたくもありません。友よ、精神状態はだいじょうぶですか？　たのむから、教えてください」

「泣き言はもうよせ。自分が暴力的でも、狂ってもないことはわかっている。慎重な人間だってこともな。さ、そこのハッチを見てみよう」

「助けをもとめられる相手がだれかいるといいんですが」ちびはそういい、テラナーが目をつけたハッチに、イタチのようにすばやく駆けよった。予想もつかない能力があるようだ。甲高い声でいう。「信じられない！　ごくふつうのスイングドアです」

「べつに不思議はない」と、テラナー。「原始的なベルトコンベアを設置するなら、開閉にエネルギーを使うドアなんか使わないさ。ハッチは一定以上の力で押せばすぐに開くはず。きみが思う以上に論理的だよ、キュウ公」

大きなハッチを押し開ける。当然、扉はどちらの方向にも動いた。

「ゆっくりだ！」ちびがすばやく開口部を駆け抜けようとしたので、痩せこけた男はそう声をかけた。ベルトコンベアはそのまま通路として使える。

テラナーは慎重に前進した。目の前に天井の高い、広大なホールが出現した。そこにさまざまな積載設備が置かれている。奥のほうには特大の反重力シャフトが見えた。作動はしていない。

ベルトコンベアの終点には方向転換機があり、そこからさらに三方向にベルトがのびている。転換機の円盤の上には太い筒状構造物が口を開いていた。その真下にシリンダー形の一コンテナが、上部を開いたまま置かれている。

「あらゆる種類の物資の積み替え所ですね」ちびがさえずった。「あの太い筒のなかから食糧が出てくるんでしょう。それをコンテナが受けとって、ベルトコンベアで搬送する」

「ふむ、たぶんな。だとしたら、だれが操作しているんだ？　どんな状況ならマシンが稼働する？　自分がとっくに麻痺させられるか、死んでいたかもしれないとは思わないか？　向こうに二体の戦闘ロボットがいるし、その奥には固定式の防護設備も見える。不法侵入者は歓迎されないだろう」

「すぐに気づきましたよ」ちびがおもしろがるようにいう。「ロボットは作動してませんし、記憶バンクも消去されてるはず。インパルスもなくて、設備は明らかに停止してます」

ちびはコンテナのほうに駆けていった。大男はベルトコンベアの上からゆっくりと、硬い金属製らしい床におりた。

小柄な友の行動を観察する。その動きは首尾一貫しており、明晰な思考と技術的知識をしめしていた。

ちびはベルトの超小型複合回路を操作しはじめた。コンビネーションの背中側にすばやく断続的に光が見えたものの、なにも起きない。

「ほうっておけ！　反重力プロジェクターは機能していない。もうためしてみた」

「たのむから、大声を出さないでください！　聴覚が鋭敏なんです」

「おや、いまごろそれに気づいたのか？　さっきまで、もっと大声でしゃべっていたのに。感覚がもどってきているようだな。耳栓を持っていないか？　機械的に機能するやつだ。吸収フィールドみたいなおもちゃは、まだしばらく役にたたないだろう」

ちびが上の両手で顔の左右の側面を押さえたので、そこに外耳があるらしいとわかる。

「まだしばらく？」と、甲高い声がいう。「ほんとうにぜんぶもとどおりになるんでしょうか？　なるとしたら、なぜです？」

「宇宙には偶然なんて存在しない。エネルギー供給が停止していたのはわかるだろう？　それが再開して高度な装置類が再稼働し、非常用の装置が停止しはじめたのかもしれない」

はるか遠くでとどろくような音がして、そのあとブーツの底にちいさな振動を感じた。驚きの種はまだまだつきないようだ。

大男は慎重に歩を進め、透明なフォリオにつつまれた装置の上に跳び乗った。

「大型家具の運搬車もこれほどじゃないな」と、声に出してひとりごちる。「わたしは……」

言葉がとぎれた。かれの視線の先には袋状の、グリーンに輝く物体があった。

「どうしました、友よ？」キュウリ形生命体がたずねる。「ああ、わたしにも見えました。あれなら知ってます」

「わたしもだ。それどころか、自分で持っていたような気さえする。気をつけろ、ちび！」

だが、その言葉は相手にとどかなかった。ちびがいきなり黄色い影になり、未知の装置類のあいだを駆け抜けていく。テラナーはべつの装置に跳びうつり、上までのぼって立ちあがった。そこなら見晴らしがいい。

さっきの遠い轟音がまた聞こえていきなりとぎれ、もう一度聞こえたあと、遠吠えのようになって消えた。なにかが動きだそうとしていて、うまく機能できずにいるようだ。テラナーは全体的な印象から、この場所でなにかが目ざめようとしていると感じた。かれにとっては、疑念をいだくに充分な根拠になる。

袋状の物体のそばにちびの姿が見えた。四本の腕を振っている。なにか叫んでいるが、言葉まではわからなかった。高い天井の下に明るい光が見える。金属ドームが回転しはじめた。

かれはすばやく狙いを定め、躊躇《ちゅうちょ》なく発砲した。性格あるいは経験からくる、反射的な反応だった。

相互結合弾の初弾が回転するドームに命中する前に、ドームから広範囲を扇状にカヴァーする、ヴァイオレットのビームが発射された。

テラナーの警告の声と、化学爆発の音が入りまじる。

「かくれろ、ちび！　そこからはなれろ！」

かれはイタチのようにすばしこい友が、同じく危険を察知していたことに気づかなかった。ヴァイオレットの光が、さっきまでかれがいた場所に襲いかかった。

銃声と弾丸の炸裂音が混じり合う。はるか頭上で金属ドームが粉砕された。まばゆい電光がほとばしり、ぎざぎざの破片が壁や装置類の上に降りそそぐ。

生ける死体のような男は動揺しなかった。友に声をかける。その声はいつものように嗄《しやが》れていた。

「かくれていろ、ちび！　光をさえぎると作動する単純な防御機構だ。だいじょうぶか？」

「まったくもってだいじょうぶ！　あなたに心からの感謝を捧げて、これからは……」

「ごたくはいいから、光センサーを見つけて破壊しろ。それとも、あと三つある防御機構も作動させたいのか？　そのすぐ上にもふたつあるぞ」

明るい光の筋が四つ見え、かれはにやりとした。センサーが内破した衝撃波はちいさかったが、結果は驚くべきものだった。

ホール壁面の赤い光点がすぐさま熱を放出し、暗くなる。

テラナーは倉庫内の物品のあいだを走り、立方体のマシンの土台のそばにいる友を見つけた。まだミニチュアの武器を手にしたままだ。

「悪くないぞ、ちび。その強力な爪楊枝銃はだれがつくったんだ？　ほかの三つの防御機構もやってくれ。あのグリーンの袋を手に入れたい」

キュウリ形生命体の大きな目が輝いた。

「回転するドームの外殻を破壊できるほどのエネルギー出力があるかどうかわかりません。気をつけてください」

テラナーはうなずき、ゆっくりと歩きだした。未知の何者かは、どうしてもこの領域を守りたいと思っているらしい。これだけ防御をかためている以上、そうとしか考えられなかった。

だが、なにも起きない。単純な防御システムは機能を停止したようだ。

大男はグリーンの袋の前に立った。大きくてまるくて、外側に多くのポケットがあり、搬送用の幅ひろいベルトがついている。

隣りにちびがあらわれた。武器は頭上に向けているが、その注意はグリーンの袋の表面に見える文字に釘づけだ。

「ＴＳ３２」テラナーが読みあげる。「そのそばにプラスティック・プレートがあって、下に名札が押しこんである。なんだかわかるか？」

「ええ」甲高い声には厳粛な響きがあった。「友よ、これはあなたのものです。あえていうなら、そこに書かれた名前もあなたのものでしょう」

「そうだな。〝ラトバー・トスタン、ＫＯＭ、ＴＳ３２〟……わたしがこのラトバー・トスタンなのか？　ほかの可能性は？」

「いくつかありますが、またひどく頭が痛くなってきました」

「だったら、もっとひどくなるかどうか見てみよう。思いだせ。これはわたしなのか？　数字と、〝ＫＯＭ〟の意味は？」

キュウリ形生命体がさらに近づく。武器はもう消えていた。

「ラトバー・トスタン、ＫＯＭは艦長、ＴＳ３２は《ツナミ３２》。ああ、頭が！」

名前に心あたりはなかったが、かれもはげしい頭痛に襲われた。記憶を探れば探るほどひどくなっていく。

周囲がなにも見えなくなった。かわって幻影のようなものがあらわれる。まるで目の奥にじかに投影されているかのようだ。

かれはその幻影がちびの説明に関わるものではないことに気づいた。どうやらかれの記憶は、ちびの記憶よりもずっと以前のものらしい。つまりかれは年配者で、ちびが伝承としてしか知らないことを直接、経験しているのだ。

〝艦長〟という言葉がかれを苦しめる。かれはその感覚の正体を見きわめようとした。べつの映像があらわれた。宇宙港に一球型宇宙船が着陸して、その前に二十名ほどの、コンビネーション姿の者たちがならんでいる。ひとりが敬礼した。宇宙船はUSOの高速コルヴェットで、〝FA123〟と表記されている。

　おぼろげに、ちびの声が聞こえた。

「……ツナミ特務艦隊です、友よ。つねに二隻で行動し、一隻はATGフィールドを装備してます」

「わたしはUSOの少佐で、コルヴェットの艇長をつとめ、強行偵察に出るところだ」かれの声は単調だった。「いや、わたしは任務をしくじった。レプソのカジノでファグロンにのめりこみ、麻薬をやって、ヒステリーを起こすほど興奮して。銀河系の詐欺師どもにはめられたんだ。乗員を艇から降ろし、ダブリファ帝国のスパイを招き入れた。かれらも遠くまでは行けなかった。艇が宇宙空間で爆発したから。アトランにとって、わたしは裏切り者、横領犯、それ以上のものだろう。マンモンにかけて、だからわたしは無法者としてレプソにのこり、カジノを開いたんだ。それは惑星最大の、もっとも魅力的なカジノになった。わたしは昼夜を問わず、みずから地獄に落ちるまでギャンブルに耽溺《たんでき》し、抜けだすことができなかった。ちび、わたしは中毒だったんだ！　麻薬の毒と禁断症状で肉体はぼろぼろ、生ける死体だった。そしてローリン計画が実施された。太陽系帝国の大執政官を知っているか？　ペリー・ローダンを？」

「友よ、目をさましてください」甲高い声が聞こえた。「ラトバー・トスタン、これは命令だ！」

テラナーは朦朧《もうろう》状態から目ざめた。視界が明瞭になる。

「心理療法のつもりか？」かれは不機嫌にたずねた。「命令だと？　ちび、わたしにはもうそんな概念はないんだ。命令のにおいがするものは、なにもかもうんざりなんだよ。わたしは極秘任務でスプリンガーの基地を破壊することになっていた。それなのに酔っぱらって仲間をだまし、コルヴェットを賭けて勝負した。悪ふざけにもほどがある！　大提督は狂ったように跳ねまわり、ローダンはざまあみろと涙を流して大笑いだ。だが、あの老詐欺師ふたりはちょうどいいときに、わたしの艇に二百万ソラーの価値があることを思いださせてくれた。その弁済のために、わたしはレプソでかれらに二・五トンの高純度ホワルゴニウムをさしだした。ローダンが太陽系防衛のため、偽装輸送艦で運ばせていたものだ。だが、その輸送艦の艦長はダブリファ帝国のスパイだった。かれは振動結晶体をレプソに陸揚げして隠匿し、わたしはそれを回収するという名誉ある任務をあたえられた。

それは五次元振動数を人工的に変異させた〝ÜDKホワルゴニウム〟と呼ばれるもので、これがないとローダンは太陽系を未来に移動させることができない。科学者たちはアンティテンポラル干満フィールドの接続のため、なんとしてもそれを必要としていた。このATGフィールド……待てよ、これのこともいっていなかったか？」

キュウリ形生命体は床にうずくまってすすり泣き、四つの手で自分の上体を抱きしめていた。

まだ疑いながらも、ラトバー・トスタンという名前を使うことにする。かれは黙って身をかがめた。

そっとちびを抱きあげ、肩に乗せる。

「すまない、われを忘れてしまった。痛かったろうな、わかっている。きみの思いも、わたしが耐えてきた禁断療法も！　わかっているとも。さ、ちび、まずは水が必要だ。なにはなくとも……とにかく水だ。それから食糧だな。きみの生命維持システムの医療機構を非常スイッチで作動させてみてくれ。その戦闘服には、まだほかに機能があるはず。どうしていままで思いつかなかったんだ？　ちび、非常スイッチをためしてみるんだ。ちいさすぎて、わたしにはよく見えないから」

「スヴォーン人です」キュウリ形生命体は泣きだした。「わたしはスヴォーン人！　名前はポージー・プース。超マイクロポジトロニクス技師で、機密任務に従事する特務艦《ツナミ32》のココ判読者でした。あなたはその艦長です、友よ。ちょうどいいときに思いだしてくれました。あなたの話は数世紀前のことです。ローリン計画が実施されたのは西暦三四三〇年で、太陽系は五分後の相対未来に退避しました。いまはNGZ四三〇年です！」

「NGZとは?」

「新銀河暦です。旧暦の三五八八年から使われています。あなたの記憶はそれよりもずっと古く、その百五十八年前のことになります。わたしは……ああ、頭が痛くて死にそうだ!」

ラトバー・トスタンは悩むのをやめた。いずれなにもかもはっきりするだろう。

キュウリ形生命体、本人によれば銀河系種族のスヴォーン人は、ベルトにつけた長方形のポーチにおさまっている。

トスタンは走って前進し、傾斜した天板に多数のスイッチがならんだデスクの前で手を動かしはじめた。

「なにをしてるんです?」ポージー・プースと名乗った生命体がたずねる。「ふたりとも死んでしまいますよ」

「だいじょうぶだ」と、テラナー。「遠い過去のことを考えていたら、前にここにきたことがあるのを思いだした。さっきまでいたのは非常時のエネルギー供給センターだ。なく意図せず防御機構を作動させてしまったが、ベルトコンベアで隣室に脱出できた。なくなったのはわたしの装備品だけだ」

かれはもう機能していない防御設備からかなりの量の物資をとりだしていたが、かれが脱出したので、それらは自動的に保管場所にもどされるだろう。つい習慣で、ロボット制御の搬送継続装置のスイッチを押してしまう。反重力フィールドが反応せず、低い振動音以外なにも聞こえてこないので、かれは苦労して荷物を斜路に押しあげた。

「重すぎます」ポージーがいった。「反重力フィールドがなくちゃ、無理ですよ。技術的な知識も使えるようになってることに気づいてますか？　あなたも使えるはずです」

「スヴォーン人はだれでもそんなに頭が切れるのか？　袋もいっしょについてきたな。いや、きみはそのままそこにいろ」

「尊厳を傷つけるような命令にはしたがえません」ポージーがかっとなっていう。「いまのはまさにそれですよ」

トスタンはにやりとし、袋をベルトコンベアに乗せ、自分もすわって待ち受けた。右手には近代的な外観の、だが機能は近代的でない武器がきらめいている。

「いいぞ、動け！」と、声を張りあげる。

かれの前にある装置が機械的に動きだした。方向転換機の円盤が回転し、コンテナが太い筒のなかに滑りこんでいく。

「どんなプログラミングを入力したんです、友よ？」スヴォーン人がたずねた。

「入力した？　この回路はポジトロニクス制御じゃない。機械式のボタンで操作したんだ。有線接続のケーブルで、同じく単純な構造の分電ステーションに、通常のインパルスを送った。ハイパー技術を使った完全自動制御がすべて停止しても、この構造だけはちゃんと機能する。指定した物資がコンテナに充填されたら、すぐに動きだすはずだ。賭けるか？」

「賭ける？　ほんとうにギャンブラーなんですね」スヴォーン人が憤慨したようにいう。「病気ですよ。わたしが治療しなくてはなりません。心から同情します、大きな友」

トスタンは声がかすれるほど笑った。コンテナへの充填がはじまる。数分後、コンテナは転換機から滑りでて、同時に動きだしたベルトコンベアの上に移動した。

「どうだ！」トスタンがほっとしたようにいう。「そろそろ潮時だろう。この乾ききったからだにもう水分が必要ないと思っているなら、それは間違いだ」

ふたりはスイングドアに向かい、それを押し開けて、自分たちが長いあいだ植物状態ですごしていたらしい、最初のホールにもどった。

コンテナがそのあとから入ってきて、トスタンが撃ったコンテナにぶつかった。かれはそれを見て、搬送袋をコンベアからおろし、数歩後退した。武器の銃口をベルトコンベアの終端部に向ける。

「こんな時代錯誤がまだつづくなら、われわれがなんとかする必要がある。いずれにせよ、コンテナはここに置いておく」

新しいコンテナが前のものに触れると、コンベアは停止した。ローラーの音が聞こえなくなる。トスタンは静けさに耳をかたむけた。

「これでいい」トスタンがいった。「さて、キュウ公、わたしがボタンを押し間違えていないことを祈ったほうがいいぞ。水のかわりに硫酸が、食糧のかわりに反芻《はんすう》動物の胃の内容物が入っているかもしれないからな。走れるか？」

「もちろん」スヴォーン人が憤然と答える。「見くびらないでください」

トスタンはベルトのポーチからキュウリ形生命体をとりだし、床に置いた。ポージーが伸びをして膝を屈伸させると、トスタンは大きな笑みを見せた。

「気分はいいか、キュウ公？」

「あなたの目の表情に不安をおぼえます」と、ポージー。「実際のところ、なにを考えてるんです？」

「わたしのことがよくわかっているようだ。きみはスヴォーン人なんだろう？　故郷世界の重力がどれほどちいさいか知っているはず。〇・二五G、テラの重力の四分の一だ。だったら、ポージー・プース、どうしてきみはここで苦労なく動けている？　ここの重力はほぼ一Gだ。物理的に押しつぶされていてもおかしくない。重力中和装置があったとしても、もう機能していないはず。きみはだれなんだ？」

ポージーは動揺を見せなかった。怒りを見せることもなく、自分に向けられた奇妙な武器の銃口を見つめている。

「あなたはとても厳格で、無慈悲なギャラクティカーですね、友よ」

「それは違う。わたしは無慈悲とはほど遠いし、厳格という概念にもあてはまらない。ただ、用心深いのだ！　重力の件をどう説明する？　ロボットの変装ではありえない。もしそうなら、故障して動けなくなっていたはず」

ポージー・プースは甲高い笑い声をはなった。

「わたしは環境適応スヴォーン人なんです、大きな友。わたしの家系は代々、徐々に重力の大きな環境に身を置いて、ついには一Gに耐えられるようになりました。エルトルス人の例を知っているでしょう？　わたしのとてつもない筋肉が目につかなかったなんて、驚きですよ。ふつうのスヴォーン人はもっとずっと華奢《きゃしゃ》です」

武器が消えた。トスタンは茫然とキュウリ形生命体を見つめている。

「とてつもない筋肉？　ああ、うん、謝罪する。ただ、スヴォーン人が一G環境ですばらしく敏捷《びんしょう》に動いたら、わたしの頭のなかで警報が鳴りだすのだということは理解しておいてくれ」

「感謝します！」キュウリ形生命体がうれしそうにいう。「わたしはそんなに敏捷でした？」

「きみがいなければ、どうにもならなかったろう」トスタンはいつものように、ためらいなく嘘をついた。「では、コンテナの中身を見てみよう」

3

その音の出どころあたりではものすごい轟音が響いているにちがいない。倉庫ホールのなかで聞くぶんにはかすかな音だが、資材が振動しはじめていた。

ラトバー・トスタンは例によって本能的に行動した。ポージー・プースの足をつかみ、即席の宿所に引きずりこんだのだ。

「おちつけ!」と、声をかけたが、かれの声はすっかりかすれていた。

ポージーはすぐさま意図を理解した。重力がかかるのを感じたから。それはいきなり息をのむほどに高まり、一瞬だけ無重力状態になったあと、ふたたびすくなくとも七Gまで増加した。

これが三回くりかえされた。トスタンは恐ろしい力で寝台に押しつけられ、直後にはげしい振動で床に投げだされそうになった。

ようやく遠くの轟音がとぎれる。振動もやみ、ベルトコンベアのスイングドアが揺れているだけになった。

トスタンは息をあえがせながら、本能的にかれにしがみついているキュウリ形生命体を手探りした。テラナーがふたたびしゃべれるようになるまでに、しばらく時間を要した。

「キュウ公、息が詰まっているだけか、それとも圧死したのか？」

「お気づかいをどうも」スヴォーン人が苦しげにさえずる。「あなたがわたしを踏んづけたんですよ」

「窮地から救ったといってもらいたいな。ほうっておいたら、鉄板の下敷きになったくらいの重力がかかっていたはず。だれかがエンジンの推力試験をやったんだろう。重力中和がうまく同期していないようだ」

「ばかなことを！　あれじゃ船体が裂けてしまいますよ」

トスタンは深呼吸して、重力定数が変化していることに気づいた。それまで一G前後で揺れ動いていたのが、すくなくとも五十パーセントは低減している。

重い荷物の中身を調べてみると、生命維持のための厳選された物品が入っていた。ぼんやりとしか思いだせない過去のある時点で、かれ自身が苦労して、資金をたっぷり使って準備したものだろう。それをいま再発見したということ。驚いたことに、かれはそれがなんなのか知っていて、使い方もわかっていた。

その驚きは完璧に役だった。ここはどこなのかという疑問が解消したのだ。

ポージー・プースは宇宙を航行するギャラクティカーとして、当然のように〝船体〟に言及したではないか。

「推測してはいたが」かれは考えを口に出した。「ここは宇宙船のなかとしか考えられない。ほかに加速できるものなどないだろう？」

「宇宙ステーション」と、ポージー。

「可能性はゼロではないが、まず考えられない。さっきのは典型的な高出力エンジンの作動音だった。この振動は軸方向に沿ってならんだキャビンで生じるものだ。船体は球状ではなく、細長いのだろう。この特徴はよく知っている。スプリンガーの転子《ころ》状船が、ちょうどこんなふうに振動する。そうは思わないか？」

「あなたがそういうなら」ポージーがおさえた声で答える。トスタンははっとなった。急いで起きあがり、キュウリ形生命体の上におおいかぶさる。ちびはクッションの上で両脚を引きつけ、四つの手でからだを支えていた。

「どうした、ちび？」テラナーが不安そうにたずねる。「コンビネーションの生地が張りつめている。マンモンにかけて、もしや妊娠しているのか？」

ポージーは痛みに耐えて跳びあがった。トスタンは目を輝かせ、大きく口を開けている。

「わたしは男です！」ポージーが憤然と甲高い声をあげる。「男ですよ、男！」

重力が半分になったことを利用してテラナーの胸に跳びつき、コンビネーションにしがみついて、あいている手でかれの胸をたたく。

トスタンは片手でちびをつかみ……腕をのばした。ちびは空中でじたばたしている。

「ま、おちつけ」トスタンが甲高い声を圧するようにいう。「男だってことを、わたしにいわなかったじゃないか。きみのことをとても美しいスヴォーン人の少女だと思っていたから、〝ちび〟と呼んだんだ。知ってたら、そんなに礼儀正しいあつかいはしていなかった」

「礼儀正しい？　あなたみたいな野蛮人が？　さっき〝息が詰まっているだけか、それとも圧死したのか？〟といいましたよね？　ああ、偉大なる祖先よ、わたしはこれからどんなあつかいを受けるのか！」

ポージーは自分が雑にあつかわれすぎると感じていた。〝とてつもない〟筋肉のついたちいさな両脚をのばし、キュウリに似た胴体を上向きに曲げて、四つの手でからだを支える。顔には涙が流れていた。

「あんな失礼なことをいったあなたを、かんたんには許せません」そういってすすり泣く。「絶対に！　わたしは惑星スヴォーフォンにある超重族の訓練キャンプで、つねに最高の戦士でした。それなのに、あなたはわたしにまったくもってひどい恥をかかせた。ああ、わが肉体が！」

「コンテナに食糧があるだろう?」と、トスタン。「そのふくらみは見苦しい。蓋の鍵を開けてみろ」

「もう開いてます!」と、ちび。「やれやれ、その粗雑な構造の目で、なにが見えるんでしょうね?」テラナーはアリの膝関節と口吻の区別もつかないんですから」

「顕微鏡があれば区別はつくさ。きみはそれが裸眼で見分けられるってことだろう?」

「見分ける? わたしは口吻の管のなかの分泌腺を見ることができます。ああ、この赤いどろどろしたのは二度と食べたくない! いくらでも謝りますから」

ちびはよろよろと立ちあがり、駆けだした。トスタンが背後から声をかける。

「味が悪いからって避けてちゃだめだ。問題は栄養素だから。TSSの再処理装置はなにがあっても使うんじゃない。交換したばかりで、もう部品がないんだ」

奇妙な言葉が聞こえた。悪態ではないが、ポージーはかなり怒っているようだ。

テラナーは友が回復しつつあることに満足をおぼえ、急激な重力低下の原因を探りはじめた。そこからべつの疑問が湧きあがってくる。なんのために人工重力を発生させていたのか? 同様の原理で作動する戦闘服の装置はまだ故障したままだ。

「未解決の問題が多い」トスタンはぼそりとつぶやいた。「早くしろ、キュウ公! 合成粥せいがゆはいつだって救いだ。ミネラル含有水が合わなかったのかもしれない。最終制御をはじめる。気温がだんだんあがっているからな」

重くてかさばる中身の大半はのこしていくしかなかった。現在の〇・五Gくらいの重力ならトスタンはもっと多くを運べたが、生来の慎重さから、そうはしなかった。重力定数がいつまた変化するかわからないのだ。

かれは自動追尾感知機にくわえて、赤外線遅延探知機と個体種別芳香検知器を可能な範囲でプログラミングした。

有線接続した非常用ポジトロニクスはあらたな入力を受け入れた。その証拠に、すくなくとも四次元的に作動する装置は動きだしている。これは船内領域でも再生が進んでいることをしめしていた。

「大きな賭けです、友よ」スヴォーン人が警告する。「ここに資材をかくして目印をつけ、必要に応じてもどってくるほうがよかったのでは」

銀河ギャンブラーはその案をしりぞけた。

「船の大きさもわからないし、最終的にどこにたどりつくかもはっきりしないのに？　すべてを手に入れる唯一のチャンスは追尾感知機の機能にかかっている。船内でいちばん暗いかたすみにいても、位置がわかる可能性が大きいから。すみずみまで探索するには反重力グライダーが必要だが、これはまだ動かないだろう。だから可能なかぎりあらゆる場所に、自分たちのにおいをのこしていくしかない」

「縄張りにマーキングする野生動物みたいなものですか」ポージーがあきれたようにいう。「やっぱり賭けなんですね」

「野生動物が気にいらないのか？　たいした連中だぞ。においだけでおたがいを見つけられる種も多い」

ポージーは生命維持システムのマイクロ回路を操作した。ポージーが〝ツナミ・スペシャル・セラン〟と命名したコンビネーションの強力な背嚢《はいのう》も、やはり荷物のなかから見つかった。

かれらの〝黄昏《たそがれ》の睡眠〟は、どうやら栄養補給時にだけ無意識のまま中断され、そのあいだにミニチュア化された非常用システムが稼働して、空調が危険な物質を吸収していたらしい。

トスタンは消費量を測定してみた。小型原子力電池の放電状態から推測して、五カ月から六カ月のあいだ混迷状態にあったようだ。

ただ、確実にわかることはそれだけだった。

放射性同位元素の半減期を利用したそれ以外の測定では、充分な情報を得ることができなかった。クロノメーターはＮＧＺ四三〇年十一月三十日をしめしている。ポージーの記憶はテラナーの記憶よりも遅い時期からはじまっていたが、それによると、カタストロフィが起きたのはNGZ四三〇年十月二十八日だ。不幸な事故だったのだが、なぜそんなことが起きたのか、スヴォーン人はまだ思いだせなかった。

いずれにせよ、ラトバー・トスタンは記憶を信用していなかった。測定結果のほうも、非常用電源のミニ・バッテリーがほぼつきかけていること以外は信じていない。バッテリー残量はごまかしようがなかった。ほぼ六カ月のあいだ故障することなく、最大出力で放電しつづけた場合、残量はそのくらいになっているはず。

スタートする前に、あらためて搬送袋の回路を確認した。コンテナの中身が生存を左右するかもしれない。

そしていま、かれらは未知のどこかに向かって進みつづけている。トスタンはこれまでの生涯、ずっとかれを助けてくれた本能にたよっていた。この本能がなければ、自分のような過去を持つ人間が生きのびられたはずはないと信じて。

4

「超能力の才能があるんですか、大きな友？　もしかしてミュータントですか？」ポージー・プースがたずねた。

かれのからだは半分ほどテラナーのベルトのポーチに入っていて、四本の腕は自由に動かせる。

ラトバー・トスタンは同行者に目を向けた。

「それはない。ただ、ときどき目の奥に映像や数字やグラフがあらわれることがある。緊張して考えこんでいるときなどに、それが視界を曇らせるんだ」

「休んでください。わたしが走ればいいんです。わたしの体重のぶんだけ、あなたによぶんな負荷をかけています」

トスタンはかれのTSSの状態を確認した。空調、排泄物《はいせつぶつ》の再処理、自己制御式サイバー医療システムに問題はない。非常時には薬剤が投与されるはず。

ただ、五次元プロセスの機能は対象外だ。そのため、飛翔用反重力装置、ハイパー通信機、個体バリアなどは作動しない。当然だった。機能するのはアインシュタイン空間の枠内で動くものだけになる。自律的にインパルスを提供する回路が接続できなくなっているということ。個々の回路をつなぐ、反応の早いマイクロ・ハイパー通信調整機も機能していない。

このため、ポージーとトスタンはすべての装置を二次回線接続に切り替えていた。この回線は設計上、TSSに最初から組みこまれている。

「友よ、お願いだから休んでください」スヴォーン人が懇願した。「あなたが苦しむのを見ていられない。そのでかぶつをおろせないんですか？　かさが大きいだけでなく、この状態では重すぎます」

「このでかぶつがわれわれの命綱なんだよ、ちび。この宇宙船内でブラスターにたよることはできない。わたしの麻酔スイッチが効かないのも見ただろう。分子破砕銃に対抗する偏向回路も、やっぱり反応しない。機能するのは単純な核融合だけだ。わたしの武器は骨董品だが、インケロニウム＝テルコニット合金製で頑丈だし、絶対に信頼できる。相互結合弾はそれ自体がエネルギーを持っているから」

「あつかいが厄介ですよ」

「見解の相違だ！　どんな存在にも厄介さはつきもので、それを手なずけるか、そいつの犠牲になるかしかない。約束しよう、キュウ公。近接相互結合銃は、ほかに手がなくならないかぎり使わない。弾薬を節約する必要もあるしな。だから、しょっちゅうわたしを説得しようとするのはやめてもらいたい」

ポージーはポーチから抜けだし、テラナーの左脚を伝いおりた。耐圧ファスナーやたくさんの外ポケット、内蔵されたマイクロ機器のふくらみなど、スヴォーン人が手足をかける場所はいくらでもある。

ちびが消耗した男を見あげて笑ったとき、遠くでふたたび雷鳴のような音が響いた。圧力は感じなかったが、重力定数が徐々にあがっていき、もとどおりの一Gくらいになった。

轟音が消えると、トスタンは大きな搬送袋を肩からおろした。重さが急に倍になったのだ。

ポージーは息をあえがせ、重力に慣れるまで、しばらく黙りこんだ。

「いままでが楽すぎたんだ」トスタンは嘆息した。「この地獄の船は部品にばらすべきだな。ちび、ここでは重力プロジェクターが作動しているのに、どうしてわれわれのは作動しないんだ？　技術的にも物理的にも不合理だ」

「われわれの視点からすれば……そうでしょうね。より高度な変換技術があれば、結論は違ってきます。妨害要素をエネルギー的に排除する技術があるんでしょう」

トスタンは床にすわり、ＴＳＳの背嚢を金属壁に立てかけた。ここはすべてが金属でできている。ほかの素材は見たことがなかった。

大型搬送袋から折りたたみ式の携帯バッグにうつした資材を確認する。

かれはためらいがちに、軟質プラスティックの透明な容器から中身をとりだした。ブ

ルーがかった液体を思案げに見つめる。

「ミネラル含有水が二十リットル、容器こみでおよそ十九・五キログラム。多すぎるな。

これは置いていこう」

「USOの弾倉ふたつは不要では……」

「水はなんとでもなる」トスタンは相手の言葉をさえぎった。「ローリン計画の時代以

前の特殊弾薬はどうしても必要だ。水はたっぷり飲んでおけばいい。排泄物になって、

TSSが化学的・物理的に、また微生物も利用して、飲料水に再生してくれる。それで

標準時の三週間はもつはず。そのあとは再生の質が徐々に低下する。だからそのキュウ

リの腹がボールみたいにまるくなるまで水を飲んでおけ。排泄する量が多ければ多いほ

どいい」

「ココ判読者として反論します。体内に摂取した水も、運んでいるのは同じことです」

「からだ全体にいきわたっているから、ずっとましだ。飲め！　TSSの容器の充塡状

況を確認しろ！　蒸発したぶんを補塡するんだ！　とにかく飲め！」

「どうやって？」と、スヴォーン人。「満タンの容器をかたむけても……」

「……腹のないぺしゃんこのキュウリに見えるだけだ。ほら、スーパー判読者、この突きでたチューブはなんのためにあると思う？」

ポージーが水を吸うのをトスタンは無表情に眺めていた。

「もっとだ！　環境適応スヴォーン人なら倍は飲めるはず。げっぷをして気泡を逃がすんだ」

「まったくもって下品きわまりない」ポージーがため息をつく。

「わたしは気にしない。現実主義者だからな。飲め！」

かなりの時間をかけたすえ、ポージーが床にうずくまってからだを支えるくらいになると、テラナーも飲みはじめた。

休息は最初から計算に入れてある。かれが事前計算なしになにかをはじめることはなかった。

ポージーは啞然としたようすで、生ける死体に水が流れこむのを眺めた。トスタンが飲むのをやめたとき、容器にはまだ半分ほど水がのこっていた。

テラナーがとてつもなく大きなげっぷをすると、ポージーは驚いて、細い触毛で保護された耳の穴をふさいだ。大男は相互結合銃と呼ぶ、腕の長さほどの不恰好な武器を点検した。似たような構造でもっと小型の拳銃に似た武器は宿所に置いてきている。かわりにベルトのホルスターには、まだ全面的には信頼できない高エネルギー・ブラスターがおさまっていた。

「もういいぞ、ちび！　こういうケースレス圧縮弾薬を使用する、ガス発射式ライフル銃の機能を知っているか？　ケースレス弾は弾丸と薬莢《やっきょう》を兼ねていて、空薬莢を排出する必要がない。発射時には薬室が数ミリ秒だけ閉鎖され、一回引き金を引くと三発を点射できる。見たことがないだろう？」

「どうしてそんなことを説明するんです？」

「どこまでわたしをたよれるか、これでわかるはず。よし、水っ腹もだいぶへこんだようだな。液体はからだに吸収されている。行軍できるか？」

ポージーが急いで駆けだすと、テラナーはゆっくりと立ちあがり、軽くなった携帯バッグを肩にかけて仲間のあとを追った。スヴォーン人は走りつづけていて、ケープに固定した特殊装備が前後に揺れていた。そのほとんどはマイクロ工具だ。

「それじゃ三分でへばるぞ！」トスタンが叫んだ。「行軍は徒競走じゃない。前方に見えるハッチを開けてみよう。大きなものを通過させるためのものらしい。開閉メカニズムはどうなっているんだろうな？」

「わたしにもわかりません！」ポージーがむっとしたように叫びかえす。「インパルス式か、機械式か、それ以外か」

トスタンは急いで着実にペースをあげた。徐々に重力に慣れてきている。遠いマシンの作動音はもうとっくにやんで、宇宙船と思われるものの内部には不気味な静けさがひろがっていた。

ハッチに到達。鈍い銀色に輝く金属製で、トスタンは圧縮鋼の高度合金だろうと思った。

ここまでで見てきたものは、頑丈なだけでなく、精密でもあった。この船の建造者の仕事ぶりは驚くほど巧みだ。

非常用システムだけをとっても、メイン・システムに操作性の異なる二種類の技術が並行して採用されている。〝なにがあっても〟作動するように考えられているのだ。何者かが、考えられるあらゆる障害を想定して設計したということ。

トスタンがそのことを伝えると、ポージーは感動したようだった。やがてかれはおずおずとこういった。

「思いついたことがあります、大きな友。説明させていただいてもかまいませんでしょうか？」

「神経にさわる話し方をするな！　なんだ？」

「あなたに関係あることです。あなたはＵＳＯスペシャリストで、少佐で、コルヴェットの艇長だっただけでなく……」

「ギャンブル依存症で、酒飲みで、そのうえ……」

「いいから、最後まで聞いてください」と、スヴォーン人。「あなたは科学技術者で、通常次元およびハイパー次元で作動する超質量高推力加速装置の考案者で、軽量コンパクトな高負荷ハニカム結合セルの構造設計者でもあります。同時にまた宙航士であり、航法士でもある。しかもあなたにはOCS葉があります」

「OCS葉！」トスタンは驚きの声をあげ、曖昧な笑みを浮かべてスヴォーン人を見おろした。

ポージーはトスタンを驚かせることができて、満足そうなようすだ。

「脳とDNAに関係するものですね。いえ、友よ、突然変異ではないと思います。ただ遺伝子改変されているだけで、それはポジティヴなものです。母上は遺伝子調整者でしたか？」

トスタンは急に頭痛を感じた。またしても視界にヴェールがかかり、周囲の風景とは違うものが見えた。

「ああ」と、すなおにうなずく。「そのとおりだ。人間の大脳の休眠部分を活性化させ、有用な仕事をさせようとした。そのため、有機的に呼びだしたデータを彩色微小ドットでビットマップ化して網膜に出力する〝多重テラビット記憶中枢〟を構築した。キュウ公、それがわたしの目の奥に存在しているものだ！　母はさらに自分自身を使った実験を重ねるなかで死亡した。遺伝子コードをもっと深く掘りさげようとして。わたしはこれを受け継いだ。学んだわけじゃない。データを呼びだして、映像や数字やグラフとして見ることができるんだ」

　トスタンは手の甲を顔に押しあてた。鼻の組織もほかと同様に干からびている。かれはかたくなった鼻軟骨に触れ、ぽっかりと開いた鼻孔をまさぐった。

「もうしゃべるな、ちび。疲れてしまう。この話は棚あげにしよう。ただ、ひとつだけ質問がある。どうしてOCS葉のことを知っていた？」

「思いだしたんです」と、ポージー。「あなたが説明してくれたんですよ。《ツナミ32》で。おぼえていませんか？」

「思いだしたくない。結局、OCS葉とはなんなんだ？」

「〝有機計算記憶脳葉〟の略称です、大きな友。人類の脳はいくつかの脳葉に区分されるんでしょう？」

「まあな。この脳葉はつねに能力を増しつづけ、人間を天才に昇華させると同時に、身についた悪習を文化という薄い漆喰《しっくい》の下にかくすことを教えてくれる。その漆喰がどんなにかんたんに崩れたか、想像できるか？　わたしがたんなるUSOスペシャリストの艇長として行動しようとしなかったのには、なにか理由があったはず。わたしはアウトローだったんだ、ちび。ただ、かなりずる賢かった。

　さて、ハッチの開け方が知りたいな。優先回路からためしてみよう。ボタンに描かれたマークは、銀河系の知性体ならだれでも理解できるくらいかんたんなものだ。だが、気をつけろ！　無防備なＴＳＳに防衛ビームを撃ちこまれたくはないから」

てのひらくらいの大きさのボタンに触れる。小柄な種族でも手がとどくよう、ボタンは低い位置に設置されていた。

鋼の扉は動かなかった。かわりにべつのボタンが点滅しはじめる。

「すばらしい！」と、トスタン。「これで優先プロセスは使えないとわかった。下の接続回路にはなにが見える？　伸縮自在のテレスコープ脚か。わたしなら、非常用に油圧システムを使うな。もちろん、扉は大きな枠にはまったスイングドアのはず。熟練者がつくったものだ。そこに希望がある」

ボタンを押すとハッチが開いた。鋭い擦過音が徐々にちいさくなり、気圧が等しくなるとやんだ。その先は鋼の丸天井のある細長いキャビンだった。奥のほうで光が明滅している。

「エアロックですね」と、ポージー。「どこに通じてるんでしょう？」

「透視能力者じゃないからな。記憶から呼びだせないものまではわからない」

トスタンはハッチを調べた。厚さが八十ミリメートルほどある。

かれは笑い声をあげた。

「キュウ公、だれかがここに気圧差や温度勾配ができると考えたわけだが、なにか特別なものを守りたかったら、装甲はもっと頑丈にしないか？」

「造船技師のあなたがそういうなら」

「よし、ヘルメットを閉じよう。内部の換気が終わるのを待つ。気圧は有線の自動装置で調整される。きみのスーパーコンピュータには手を触れるな。命に関わる。わたしの左側で待機して、必要があれば援護射撃をたのむ。わたしは右側をカヴァーする」

ポージーはトスタンの緊張を肌で感じた。大男がいかにも物騒に感じられる。ヘルメットの透明なフェイスシールドの奥に見えるむきだしの歯が、その印象をさらに強めた。

ふたりそろってエアロックに入る。外側ハッチが自動的に閉じた。ヘルメトスタンが反対側のハッチの非常スイッチをブーツの爪先で押すと、強制換気がはじまる。

「危険なのでは？」ポージーの声がヘルメット内のスピーカーから響いた。念のため、通常のテレカムを使っている。通信に問題はなかった。

「こっちの友好的な挨拶に、攻撃が返ってきた場合はな」

「そのときはどうするので？　相手は自分のしてることがわかってないかもしれません。びくびくしてて、反射的に撃ってしまうかも」

「すばらしい！　だから自分が灰かなにかになるのを覚悟しておけと？　気をつけろ、気圧の均等化が終わったようだ！　大きな差異はなさそうだな」

5

誤解は生じなかった。友好的な挨拶もなかった。

武器はかれの胸の前にななめにぶらさがっている。ヘルメットの前面上部にはＴＳＳの内部情報のほか、なによりも重要な周囲の環境情報が表示されていた。

気温は摂氏零下九十度、気圧はおよそ三分の二気圧だ。それほど異常な数値ではない。

ただ、天井に設置された、透明なプラスティック製の中空糸の束のような配管の接続が、あちこちで破壊されていることをのぞけば。

太い主配管から垂れさがっているチューブがあるところには、破損した設備がほぼ確実に見つかった。

設備は本来は立方体で、見たところさまざまな種類の液体の流れを自動制御するための、仕切り弁のようなものらしい。

「どれも焼け焦《こ》げてます」ポージー・プースのさえずり声がヘルメット・テレカムから聞こえた。「なんて恐ろしい」

「設計者の事前準備がだいなしだな、キュウ公。たぶん回路の不具合で、制御器がぜんぶ焼き切れたんだ。残念ながら、もうどうにもできない」

かれは陰鬱《いんうつ》に周囲を見まわした。天井から数百の、ずっしりと重そうなちいさな生命体が、特殊容器に入ってザイルに吊るされたようにならんでいる。

個々の容器の内部には供給システムがあり、そこに引きちぎられたチューブの下端が接続されていた。多くはまだ数本の繊維で仕切り弁につながっているが、落下してしまったものもある。

トスタンは死体のひとつに近づいた。からだは密生したグレイ・ブルーの被毛におおわれている。

見あげると、頭上の容器のさらに上にも、ほんの一メートルくらいの間隔で生命体の入った容器が吊るされていた。それが天井までつづいている。

ポージーがおさえたうめき声をあげた。

「なにが起きたんです？　助けられるでしょうか？」

「もう無理だ。死んでいる。生物物理的深層睡眠に入っていたんだろう。そこにわれわれも感じた、あのカタストロフィが生じた。技術の落とし穴だな。あらゆる可能性を予見するのは不可能なんだ」

トスタンは未知生命体のからだに手を触れた。かたく凍りついている。

「よかったら、またポーチに入れてくれませんか」と、スヴォーン人。トスタンは片手でかれをつかみ、ベルトのポーチまで持ちあげた。ポージーはふたたび安全な場所におさまった。

落下した配管や細いケーブルを踏みこえて、中央連絡路に出る。そこにもベルトコンベアがあった。ベルトはとまっていて、遠くのぼんやりした光のなかに、ふたつの大型マシンが見えた。マシンは細長く、金属製の把握器が突きだしている。

「保守用ロボットですね」スヴォーン人がいった。「明らかに停止してますけど、なぜでしょう？」

「マイクロポジトロニクス技術者のきみのほうがくわしいだろう」

「データ記憶バンクの問題でしょうか」と、ポージー。「複雑なプログラミングで動くものほど、だめになる」

トスタンはその場に立ったまま、じっとふたつのマシンを見つめた。

「ある種の定常状態が生じているように見える。マシンがしゃっくりみたいに同じ動きをくりかえしたり、重力定数が変化したり。すべてのプログラミングが消えたなら……どうしてなんらかの機能が生じる？　あらたなデータが入力されたからとしか考えられない。では、だれが入力した？」

ポージーは友のヘルメットを見あげた。

「知性体」と、驚くほど冷静に指摘する。

「だったら、われわれがとるべき行動は明らかだ。たぶんわれわれと同時に、あるいはもっと早くショック状態から目ざめて、せめてもっとも重要なことだけでも思いだそうとしているはずの者たちを見つけること」

トスタンは進みつづけた。習い性となっている疑いの目でロボットを観察する。だが、ロボットはその場から動かなかった。

「いまのところ、考えても意味はなさそうだ。しばらく待ってみよう。すべてが違ってくるかもしれない。重力定数の変化は明らかにハイパー次元性の現象だ。記憶の完全消去の仮説と、どう関わってくる？　なにかが変だぞ、キュウ公。われわれがショック状態におちいった原因がわかれば、もっと見えてくるものがあるだろう。わたしは……あれはなにをしているんだ？」

トスタンが大股でロボットに近づくと、ポージーはポーチから飛びだしそうになり、大男が肩にかけた相互結合銃にしがみついた。

急いでポーチから出て、金属製の銃床の向こうをのぞき見る。

TSSの外部集音装置が鋭い擦過音をひろった。

「わたしの射線をさえぎるな！　ばかなのか！」テラナーがポージーを叱責する。「せめて身を伏せていろ」

トスタンは折りたたんでいた銃床をのばし、肩に押しあてた。同時に本能的に、さっきの擦過音は無害なものだと察知する。旧式の無限軌道をそなえたサーヴィス・ロボットの努力は、死んだ生命体に向けられていた。

死体に透明な液体を吹きかけている。片方の把握器からは長い針が突きだし、硬直した肉体に刺さっていた。マシンはなんとしても対象を助けたいようだ。その努力がまったくのむだであることには気づいていない。

「非常時に急いで組み立てた、原始的なロボットだ」と、トスタン。「どうした、ちび？　ほうっておけ！」

スヴォーン人はすばやく正確に銃を発射した。髪の毛のように細いビームがロボットの胴体に命中すると、その個所が白熱し、ついには前面が爆発した。針をのばしていた医療アームがちぎれ飛ぶ。

トスタンは爆風をやりすごし、スヴォーン人を勢いよく引きよせた。

「なんのつもりだ？　あれはできるかぎりのことをしてただけだ。たぶん単純なエレクトロン脳で、ガイドラインに沿った行動しかできないんだろう」

ポージーは金属の床に身を伏せているテラナーの前に立ち、ヘルメットのなかの死人のような顔を見つめた。

「無防備な者がこんな恐ろしい器具で拷問されるのを見すごすことはできません」

トスタンは起きあがり、相互結合銃の銃床をたたんだ。とりまわしが楽になる。

「きみはほんものの現実主義者とはいえないな。あの異人は死んでいた」

「それでもやはり、獣みたいに針を刺されてるのは見すごせません。ずいぶん太くて長い針でした。異人たちは、じつは完全に死んでたわけじゃなかったのかも。補給が停止したあと、衝撃で倒れただけかもしれません。あのおろかなロボットがだれかに針を突き刺すことは、もうありません」

トスタンはマシンによりかかった。急に気分が悪くなる。視野がぼやけ、ポージーの姿もよく見えなくなった。

「友よ、どうしました?」スヴォーン人の心配そうな声が聞こえた。「友よ!」

テラナーは落下していくのを感じた。床にぶつかった感覚はなかったが、急にはげしい頭痛が襲ってくる。

「注射をたのむ、ロボット」と、かれは叫んだ。

目の奥に映像が見えた。まるでいきなり映画がはじまったかのように、映像が鮮明になる。トスタンの記憶はポージーの行動であらたな活性化の段階に入ったのだ。

かれは淡々と話しはじめた。

「ローリン計画から一年後、西暦三四三一年のことだ。太陽系は相対未来に退避していた。わたしはATGフィールド用の強化ホワルゴニウムを調達した。ダブリファ帝国は同盟国の有力者たちと対立し、わたしは惑星レプソで二方向から狙われることになった。ダブリファ皇帝はわたしがかれの計画を阻止したことを知り、わたしは突然、かれの粛正リストに載っていた。カルスアル同盟のエルトルス人たちもわたしを追っている。わたしからATGフィールドの技術データを入手できると思ったらしいが、わたしはそんなものが存在することさえ知らなかった。ペリー・ローダンがわたしにいったのは、二トン半のÜDKホワルゴニウムがあれば、数十億人の命が救えるということだけだ。わたしは急いで退却するしかなかった。買収したレプソの秘密組織も、もう支援してはくれない。エルトルス人がもっと高値をつけ、ダブリファがわたしを憎んでいるから。マンモン・カジノは五千万ソラーの価値があったが、だれが買おうとするはずがある?」

「友よ、目をさましてください!」ポージーが懸命に叫んでいる。「ぜんぶ思いだしました。報告できます。あなたが苦しむ必要はないんです。サイバー・ドクターを切ってください」

トスタンはその言葉を聞いていたが、反応はしなかった。かれの脳の多重テラビット記憶中枢が仮借なくプロセスをはしらせている。まるで異質な圧力を弱めようとしているかのようだ。

「わたしは脱出口を見つけ、中央銀河ユニオンの下《した》っ端《ぱ》どもをだますことにした。かれらはいずれテラを攻撃するつもりだが、ダブリファ抜きではまだ無理だ。わたしは脱出し、マンモン・カジノのエネルギー金庫に太陽系帝国の時間フィールドの機密情報があるという話をでっちあげた。かれらはそれを信じた。わたしの要求は一千万ソラーだけだ。逃亡の身なので、信用を維持しなくてはならない。支払いは純ホワルゴニウムだ。わたしは自分のヨットでスタートし、レプソの大気圏でダブリファの偵察機を破壊した。巨大な衝撃波がハリケーンを引き起こし、すべての橋が崩落した。わたしは宇宙の深奥にある、USOの放棄された出動基地に逃げこんだ。追われるのを予測して、あらかじめ準備しておいたのだ。そこで一年待った。ハイパー通信を傍受し、ゾンデを飛ばし、じっと息をひそめて。銀河系は混沌状態だ。全員がたがいに戦い合っている。わたしは十年間、生物物理的深層睡眠に入ろうと決意した。それが最善策だ。物資が不足している。状況がおちつくまで、老化せずに深層睡眠ですごせばいい。ロボットが注射を打ち、わたしは眠りこんだ。十年が経過したら起こすよう、ロボットはプログラミングしておいた。十年たったら、またようすを見る。十年だ」

ポージーは息を切らしているテラナーの腕を弱々しく揺すった。かれの言葉はほとんど理解できない。

スヴォーン人はヘルメット・テレカムの音量を最大にして、友に呼びかける。トスタンの記憶の洪水は危険な水準にあった。

ひとつだけ、テラナーをトラウマから引きはなす方法がある。もっと大きな感覚で圧倒するのだ。

トスタンの武器の銃口は通廊の突きあたりのほうを向いていた。ポージーは四つの手に全力をこめて古めかしい武器の安全装置をはずし、引き金を引いた。

はげしい衝撃音が静寂を破る。三発の弾丸が遠くの壁にぶつかって爆発した。

その音がまだ消える前に、トスタンは目ざめ、本能的にからだを投げだした。

ポージーもどうにか身の安全を確保する。

「わたしです」甲高い声が響いた。「友よ、なにも問題はありません」

トスタンはしばらくじっとしていた。急に視界が明瞭になる。かれは周囲を見まわした。声がいつもの調子にもどる。

「きみがやったのか、ちび？」

ポージーが装置の陰からおそるおそる顔を出した。その声は震えていた。

「なにもしませんか？　わたしを押しつぶすところだったんですが」

「なにがあった？」テラナーがたずねる。緊張しているようすはなかった。「こっちにこい、キュウ公！　どうしてわたしがきみになにかするんだ？　どうやらきみに助けられたようだが？」

「ええ、まったくもってそのとおり」ポージーはさえずり、掩体《えんたい》の陰から元気よく飛びだした。「あなたの記憶があまりにも……あなたを圧倒……」

「圧倒しそうだったのか」と、トスタン。「そういうことだな？」

「そうです。自己防衛本能が病的に強くなりすぎていると思って、あの恐ろしい武器の安全装置を解除し、発射しました。うまくいったようです」

　トスタンは値踏みするような視線をスヴォーン人に向けた。

「運がよかったな。もしエネルギー補給スイッチを押していたら、一発あたりTNT火薬百キログラムぶんの弾丸が発射されていた。マイクロ核融合弾だ。わかるか？」

「恐ろしい」ポージーは嘆息した。「気分が悪くなりそうです。核融合弾？」

「論理的にはな。インコニット鋼なみの硬度と融点を持つ物質を爆発性の弾丸で突破するとしたら？　そんな堅牢な防御を破るには、最初の弾着点で摂氏三十万度が必要だ。一メートルのびただけで、温度はぐっとさがる。忘れろ、ちび。わたしの考えすぎだ」

「ええ、でも、あなたはなかなか覚醒しませんでした。よくあることなんですか？」

「いままでなかったことだ。ロボットによる注射と、きみがやったエネルギー爆発で、わたしのなかのバリアが破れたらしい。ちび、ここはUSOのトゥームストーン基地のはずなんだ。だが、それにしては空間がひろすぎる」

「まったくもって混乱してますね」と、ポージー。「あの孤立した宇宙ステーションをそう呼んでたのはあなただけです。正しくはカレクⅢですよ。当時の防衛組織の古いアーカイヴから、名前と座標を探しだしたんです。あなたの自発的深層睡眠は、十年どころじゃなくつづいたわけです」

「そうだな。あのときは銀河系の半分に追われていたから、退却して時間を稼ぐしかなかった。いったいどれだけのあいだ、エネルギー缶詰のなかに保存されていたんだ？」

「教えるのはかんたんですけど、また……さっきみたいに……〝ばかなのか〟なんていわないでしょうね？」

トスタンは久々に心から笑った。ヘルメットのなかのポージーの顔が黄土色になる。

「環境適応スヴォーン人の戦士を笑う者はいません！」あとで聞くと、そう叫んだらしい。トスタンの耳には二万ヘルツくらいの金切り声がとどいただけだった。

トスタンは立ちあがり、武器を背負うと、スヴォーン人を無造作にポーチに押しこんだ。

「その話はあとで聞く。先へ進もう」

「いえ、いま聞いてください。あなたがプログラミングしておいたロボットは故障したんです。一ブルー族が、時間インパルス発生装置を撃ったせいで」

「皿頭が？　マンモンにかけて、わたしはかれらをだましたことはない！　どうして撃ったんだ？」

ポージーは単調な笑い声をあげた。

「ブルー族もステーションの存在を知ってました。負傷して到着し、あなたの歩哨ロボットに抵抗して、そのさい、反応炉の外殻のすぐ近くにあるウラン時計に流れ弾が当たったのです。ロボットは侵入者を制圧しましたが、手遅れでした。わたしが自動救難信号を受信したのは五百八十四年後です。昔のハイパー周波帯で、しかもとても微弱で、一光週くらいしかとどかなかったでしょう。ハンザ船の通信部署にいたわたしはあなたの位置を測定し、古いUSOステーションに向かいました。コグ船の船長は時間のむだだといって、不機嫌でしたけど」

トスタンはちびを見おろした。

「では、きみが起こしてくれたのか。いつのことだ？」

「NGZ四二八年です。実際に起こしたのはあなたのロボットで、わたしはそのマシンに手動でスイッチを入れただけです。惑星が存在しない宙域の調査任務でなかったら、救難信号は受信できなかったでしょう。十の十万乗分の一か、もっとちいさな確率です。銀河系の大きさを知ってますか？」

「それをわたしにたずねるとはな」トスタンが不満そうにいう。「感謝する、キュウ公。あとのことは明らかだ。きみはわたしを地球に連れていき、そこでわたしは旧友のロナルド・テケナーと再会した。あの古参ギャンブラーは、自分たちの歴史を忘れて議論に没頭するろくでなし連中のなかで、唯一まともな理性をたもっていた」

「よくもそんなことを！　議論はすべてに優先します」

「無限アルマダがなにをしようとしているのか、〝エレメントの十戒〟の攻撃をどうやってしりぞければいいのか、わからない状況では、目的を見据えた行動こそ重要だ。わたしはそうしたはず。しばらくあとでだが。わたしはテケナーの指示でヒュプノ学習を受けたのだったな？　そのあと《ツナミ31》と《ツナミ32》のペアの指揮をまかされた。わたしの記憶に間違いがあるか？」

「まったくもってありません。自分たちが何者で、どこからきたのかわかったのは僥倖《ぎょうこう》でした」

「ああ！　それで、ここにはどうやってきたんだ？　直径二百メートルの球型ツナミ艦で？　キュウ公、NGZ四三〇年十月には、そのあと長く骨身にしみることになる出来ごとがあったはず。きょうがNGZ四三〇年十一月三十日だというクロノメーターの表示は、まったく信用できない。TSSの非常用バッテリーを見ればわかる。五、六カ月のあいだフル稼働しているのだ。弾痕のそばにあるハッチを使おう。きみがスイッチに当てていないといいが」

「ほかにどうすれば、とんでもない混乱状態におちいったあなたを救いだせたっていうんです？」と、スヴォーン人。

「冷静に話しかけるだけでよかったんだ。驚きのあまり、氷みたいに冷たい空気のなかに飛びだしていたさ」

6

ラトバー・トスタンはスヴォーン人がブラスターでいきなりロボットを攻撃しないよう、手振りで側方に後退させた。ロボットはレンズ形で、直径二メートル半、厚さは六十センチメートルくらいだ。

五十メートルほど先で床面ぎりぎりに浮遊しているが、その体勢を維持するのに、明らかに技術的な問題があるらしい。金属のからだがときどき不安定に床にぶつかっている。

「炎の男ポージー、どうした、ロボット恐怖症か?」トスタンが憤然としてたずねた。

「あれ一体でいくらすると思っている?」

「触手で武器をつかんでます」と、スヴォーン人。「あなたを無防備なまま攻撃にさらしてもいいんですか?」

「わたしが無防備?」テラナーは熱のこもった大声で応じた。「あのレンズ形ロボットがわずかでも危険そうに見えたら、とっくに火の玉に変えていたさ」

「耳がおかしくなりそうです」ポージー・プースが不愉快そうにいう。「ずいぶん音量をさげておいたのに」

「どうして音量をまったくもってゼロにしなかったんだ、キュウ公？　無害なロボットのがちゃがちゃいう音はもうやんでいるぞ。高価な装置が無為に破壊されるのはがまんならない」

「そういうコスト意識は下品ですよ。それに、わたしの口癖を変なふうにまねるのも下品です」

トスタンはいきなり笑いだした。スヴォーン人は床に寝そべり、四本の腕と強靭な両脚を空中で動かしている。

「またスヴォーン人戦士を笑いましたね」と、ポージー。「ロボットはほんとうに、触手を五本ものばしていたんです」

「気にするな。ちょっと待て、いまのが聞こえたか？」

「なにがです？」

「スピーカーの音量をあげろ。ロボットがテレカムで悪態をついている。悪魔にかけて、われわれと同じ周波数だ」

「悪態？　大きな友よ、あなたの精神状態がまったくもって不安ですよ。それになんです……その〝悪魔にかけて〟というのは」

「テラの古い概念だ。言葉をいつでも強調できるように、五百種類ほどストックがある。あいつ、悪態をついているぞ」

ポージーは床に手をつき、立ちあがった。

「だから、〝悪魔にかけて〟ってどういう意味なんです？」

「正確なところは知らない。悪魔は歴史の初期にいた不愉快なやつらしくて、だれもそいつのところに行きたがらないから、悪態に利用されたんだ」

「そいつがいまここに？　わたしを恐がらせようとしてるんですか？」

「いや、ここにはいない。自宅待機中なんだろう。ロボットはテレカムでわれわれに悪態をついている。〝ダムド・プレブス〟といったんだ！　この表現はテラのふたつの異なる古代言語に由来している。あいつを撃って、麻痺させろ！　調べてみたい。きみの爪楊枝銃を撃つんだ！　わたしの銃で撃ったら爆発してしまう」

ポージーは断固として、堂々と断った。そもそもロボットはもう、通廊の曲がり角の向こうにごろごろと姿を消そうとしていた。滑空フィールドはあがったりさがったりしている。

「まったくもって、行ってしまった！」ポージーがうれしそうに叫ぶ。「それで、そのふたつの古代言語はどういう意味なんです？」

「脳の記憶中枢によると、〝呪われた愚民ども〟という意味だそうだ」

「つまり、わたしもふくまれるので？　このわたしが？」

「じっとしてろよ、炎の男」トスタンはにやりとした。「これでロボットをじっくり調査するチャンスはなくなった。次にわたしが指示したら、文句をいわずにしたがえ。わたしは正当な理由なく命令したりはしない。わかったか？」

「まったくもって」ポージーは悄然《しょうぜん》とすすり泣いた。「前みたいに、もっとやさしくしてください。そうしてくれればうれしい。わたしが望むのはただ……」

「充分だ、ちび。環境適応スヴォーン人の戦士を、もう壁ぎわに押しやったりはしない……しかし、あのロボット、なぜテラの古代言語をふたつもしゃべったんだ？　おっと、悪魔にかけて、こんどはなんだ？」

「悪魔は自宅待機中だと思っていましたが」ポージーが不服そうにいう。「あなたの曖昧な態度は理解できません。話し方もひどく規律のない、愚民のようなものになってます。だからロボットがそういったんでしょう」

ポージーはまた側方に押しやられた。宇宙船が……トスタンはここが宇宙船内であることをますます確信していた……いままでになく大きく揺れる。

そこらじゅうでマシンが作動しはじめた。まるで技術者が非常用の手動スイッチをいっせいに押したかのようだ。

トスタンは頭のかたすみで、ＴＳＳのヘルメットが閉じていることを確認した。被毛におおわれた生命体の死体があった場所からずっと、一度も開いていない。

足の下で床の金属板が振動しはじめた。未知装置の作動音が高まって轟音になり、徐々に安定して、ふつうに話ができる程度におちついた。

トスタンはヘルメットの内側に表示されたデータをチェックした。ハイライトされた数値は正常だ。ただ、ハイパー次元領域で作動する装置の表示は暗いままだった。

「気をつけろ！」集音装置がひろった音に気づいて、声をかける。「前方の暗いシャフトが見えるか？　反重力リフトにちがいない。動きはじめようとしているぞ」

五分後、明滅していた光が安定した。通廊のぼんやりした光のなかに、淡いブルーの光が浮かびあがる。

トスタンは魅せられたようにその光景を見つめた。

「五次元エネルギーだ。すばらしい」と、つぶやく。「ちび、ここが転機だ。記憶バンクのデータはすべて失われたわけじゃない。休眠していただけらしいな。TSSのシントロンは完全に死んでいたが。われわれの行動が複雑すぎたか、原始的すぎたんだろう。どうしてうめいている？　わたしがなにかしたか？」

「いいえ、まったくもって、大きな友よ」スヴォーン人が答える。「ただ、この場で説明するのは不作法すぎるでしょう。申しわけありません」

「人間的な、あるいはスヴォーン的な生理欲求のあれこれについては、謝罪の必要などない。それとも、わたしの消化器系を心配しているのか？　あの合成粥は腹のなかで鉄みたいにかたくなりそうだ。今後はまた凝縮口糧を食べることにしよう。なるべく節約したかったんだが、もうだいじょうぶだろう。できるだけ早く、べつの栄養補給源を見つける必要はあるが。できれば便通のよくなる果物がいいな。その前にまず、胃腸の調子をととのえなくちゃならない」

「そんな話をするなんて！　恥ずかしくて死にそうです」

トスタンは立ちあがり、防護服の空気とり入れスイッチを入れた。呼吸可能な酸素大気があるのだから、エネルギーを消費してTSSに貯蔵されている空気を循環させ、再圧縮する必要はない。

「気圧を同じにしてヘルメットを開け！」と、おちついて指示する。「自動生命維持システムに切り替えるんだ。きみの防護服にターボ圧縮機は搭載されているか、ポージー？　それとも圧力エネルギー方式か？」

「マイクロタービンがあります」スヴォーン人が答える。「最大充塡圧力は一万気圧です」

「それはすばらしい。わたしの充塡機はもうすこしちいさい。ともあれ、充塡機があることが重要だ。アトロニタル合金の高圧酸素シリンダーが耐えられるのは五万気圧まで。近いうちにもっと高圧のシステムに切り替えよう」

トスタンは充塡タービンの作動音に耳をかたむけた。二次供給ユニットに周囲の気体が充塡されていく。一次システムの純酸素は必要に応じて添加するだけだ。この装置は長期間の任務で威力を発揮するが、TSSにしか装備されていない。

トスタンはからだの下方三分の一がふくらんだスヴォーン人をひろいあげた。

「そこが消化器系なのか」

「やめてください、友よ、お願いですから」ちびが懇願する。

トスタンはちいさな顔の上にあるターコイズの髪に軽く手を触れた。ポージーの小型ヘルメットは肩の上に収納されている。

「侮辱するつもりじゃないんだ、キュウ公。種族が違えば習慣も異なる。きみのことはずっと尊敬している。だが、これからは言葉だけじゃなく、実行しないとな。粥が過剰に発酵しはじめたら、われわれ、風船みたいに破裂してしまう。きみを運ぶぞ」

「なにをするんです?」

「上から下まで縦に切り裂く。ほかになにがある?」トスタンはにやりとした。「おい、暴れるな。冗談だよ」

「まったくもって風変わりな冗談です。あなたのユーモアのセンスは独特すぎます」

「違法にUSO防護服を着用してペリー・ローダンに近づいたとき、チーフにもそういわれたな。ただ、その件はもう恩赦されたも同然だ。ほかにも、チーフはわたしがギャンブルで手ばなしたコルヴェットの代金として、二十億ソラーをアトランに支払わなくちゃならなかった。さもないと、わたしは貴重なÜDKホワルゴニウムを手に入れてくることができなかったろう」

「そうでなくても、ちゃんと任務ははたしたんでしょう。もうだまされませんよ」ポージーが楽しそうにいう。「数十億の人類を宇宙での戦闘で戦わせたりはしなかったはず」

「もちろんだ！」トスタンは笑い声をあげた。「どうしてわたしが帝国のチーフに発破《はっぱ》をかけるはずがある？　USOの老人は推測していたようだが、なにもいわなかった。わたしの恩赦でかれの懐は痛まないが、コルヴェットは弁償してもらいたかったんだ」

「まったくもって愉快です！」ポージーが歓声をあげる。「どうすれば愛すべきぺてん師になれるのか、教えてもらいたいもの」

「しばらくわたしのそばにいればいいのさ。合成粥を排出できそうか？」

「どうやって？　わたしの治療システムではだめでした。とっくにためしてみてます」

「わたしがためしてないと思うか？　キュウ公、われわれのような強い男とその友は、つねにたがいに正直であるべきだ」

ポージーは恥ずかしそうに、上目づかいにかれを見あげた。

「あなたはまったくもって愛すべき男です。尊敬できる妻を庇護下においているので？」

トスタンは通廊を進んでいった。ポージーの問いが不愉快な記憶を呼び起こしたのだ。

「わたしが女性からどんなふうに見られていると思う？　レプソで憧れた女がいて、彼女に有利な結婚契約を提案しさえした。だが、わたしが親しげな笑みを向けると、彼女は昏睡状態におちいり、アラスのクリニックに入院しなくてはならなくなった。費用はわたし持ちで！」

トスタンはこの話がスヴォーン人を大笑いさせ、その結果として消化機能が復調することを望んでいたが、ポージーの反応はかんばしくなかった。

「きみはどうなんだ、ちび？　結婚契約はしているのか？」

「ええ、友よ、してます。伴侶《はんりょ》とわたしは模範的な息子を二百名はほしいと思っています」

「二百名？　きみたちはキログラム単位で卵を産むのか？」

ポージーはこれまでにない大声で〝咆哮《ほうこう》〟した。

トスタンは反重力リフトの前で足をとめ、制御ディスプレイを見ながら、スヴォーン人の金切り声がやむのを待った。

「これでリラックスできたか？　すばらしい！　では、昔からあるテラナー宙航士の便秘解消トリックをはじめよう。まず、ＴＳＳの治療システムからフル注入する。ぎりぎりまで待って、反重力リフトに飛び乗る。無重力状態で上下に回転し、昔の内燃機関のピストンみたいに腹部を押す。マッサージも忘れずに。次にＴＳＳを脱ぐ。コンビネーションはしっかりからだに結びつけておく。貴重な排出物は、当然、利用できないが、とりあえず保存しておく」

ポージーは六本の手足を振りまわしたが、どうにもならなかった。

「ばかなことはよせ！」と、大男。「われわれを苦しみから救えるのは無重力だけだ。奇蹟的な効果だぞ。しっかりつかまっていろ。念のためいっておくが、きみの質量はわたしよりもちいさい。なにがしたいんだ？　その爪楊枝をしまえ」

「これは高エネルギー・ブラスターです、この……この愚民！」ポージーが憤然といいかえす。

これでなんとかなりそうだ、と、トスタンは満足げに思った。

「跳ぶぞ！　恥ずかしがるな」

7

ラトバー・トスタンが奇妙なユーモア感覚を発揮して〝反重力の爆音〟と呼んだ方法は、ぶじに効果を発揮した。ポージー・プースはまだ動揺していた。自分個人の尊厳に意味があるのかないのか、考えこんでいる。

トスタンは十一階層上昇して反重力リフトから飛びだした。そこは天井の高いひろいホールで、多数の技術装置がかれを引きつけた。これほど大規模な装置類はこれまで目にしていなかった。

このことから、いままでいたのは非常に大きな飛翔体の下部にある、あまり重要でない貨物デッキのようなところだったらしいと判断する。

ポージーはすぐに探索に出かけたがったが、トスタンはその要望を却下した。〝サイバー・ドクター〟と呼ばれるTSSの診断・治療システムによる集中的な処置で、体力を回復させるのが先決だ。その次にかくれ場を確保する。そこでじっくりと、現状に関する推論を進めたかった。

かくれ場に選んだのは鋼の壁から引っこんだ、奥行き三メートルほどの窪みだった。そこにいた二体のロボットは、テラのシントロン・タイプの高機能制御システムを搭載したメンテナンス・マシンだった。ただ、システムは停止している。

ロボットの背後には休息するのにぴったりのちいさな空間があった。

「背後に気を配るのを忘れるな、ちび」と、テラナー。

ポージーのきわめて鋭敏な聴覚は、トスタンにははっきりわからない物音までとらえることができる。かれは深く眠りこんでいたが、鼻を引っ張られ、短い眠りから目ざめさせられた。

瞬時に完全に覚醒し、スヴォーン人に注意を向ける。

「なにかきます！　聞こえますか？」

「いや。きみにくらべたら、わたしの耳はテラのクルミみたいなもんだ。なにが近づいてきているか、わかるか？」

「感謝します、ほんとうに！」ポージーの顔が明るくなった。

トスタンは背筋をのばし、ＴＳＳの空気クッションをふくらませた。これでゆったりと横になれる。

「いまのを讃辞だと思ったのか？　キュウ公、わたしは事実を述べただけだ。なにが、あるいは、だれが近づいてきている？」

「ひどいことをいいますね」スヴォーン人が不平をいう。「なにかが滑るような音です。音をたてないように努力してるんでしょう」

「わたしでもそうするさ。待ってみよう。友好的に、感じよく接するんだ」

「わたしはいつもそうしてます。身についたマナーは……」

「……ここではどのみち役だたない。忘れろ。きみの武器の核融合エネルギーの残量表示はどうなっている？　三発で打ちどめ、なんてことはごめんだぞ」

「わたしは訓練された戦士です」ポージーが憤然と応じる。「そういう点にはつねに気を配ってます」

「銃口から熱風しか出てこなかったら、いまの言葉を思いださせてやるよ。エネルギー残量は？」

「熱線インパルス二百八十一発ぶんです」

「やっとはっきりした数字が出てきたな。二百八十一発というのは、どの程度の強度だ？　出力をあげたら回数は減るはず」

「まったくもってひどい人ですね。ほんとうに撃ちたくないのに。いいでしょう、いいますよ。直径三ミリメートルの熱線で、威力はＴＮＴ換算の四キログラムぶんです」

「ずいぶん弱いな、ちび。温度は？」

「発射直後で摂氏十三万四千度です」

「距離五十メートルなら……うん、よし！」トスタンがつぶやく。「ブラスター特有の減衰を考えると、エネルギー出力の設定は三倍にしたいところだ」

「これはどうしても指摘しておきたいんですが、わたしは……」

「……いつも発言をじゃまされる。悪魔にかけて、きみに援護射撃を要請するとしたら、絶対に信頼のおけるものでなくてはならない！　設定を切り替えろ！　高エネルギーの収束ビームに調整するんだ。しっ！　わたしにも物音が聞こえた」

「もう雷鳴みたいに大きくなってますよ」ポージーが不満そうにいう。「見とがめられる可能性を考えてるんですか？」

「当然だ。相手を頭から信用してかかるのは、もうとっくにやめた。かくれていろ！　そこの、ロボットの格納台の陰にでも」

ポージーは友の言葉にしたがうことにした。マシンが待機している台の陰にしゃがみこみ、ホールのほうに目を凝《こ》らす。

トスタンはいくつものディスプレイの意味を把握しようと苦労していた。ホールの中央にある制御コンソールで操作するらしい。

はなれた場所のようすをモニターしていて、あちこちの状況を一望できるなら幸運だ。信頼できる情報をもれなく得ることができる。各所の機器が正常に作動しているとすればだが。

ポージーはテラナーがＴＳＳの防御バリアを展開しようとしていることに気づいた。直接対決になった場合、とても役にたつだろう。

トスタンの声をおさえた悪態を聞けば、状況は充分にわかった。パラトロン・バリアもＨÜバリアも作動しないのだ。たんなる操作の問題ではない。バリアの強度設定はシントロニクスによる制御だけでなく、必要に応じて通常のポジトロニクスの支援も得られるようになっている。最低でも防御バリアは展開できるはずなのだ。超光速ビームで撃たれたら、反応の緩慢なポジトロニクスで防御するのは不可能だろうが。

トスタンはバリアの展開をあきらめ、ホールに意識を集中した。多数の戸口があり、いくつかは鋼のハッチで封鎖されている。それを見れば、このホールがたんなる通信中継所でないことは明らかだった。

あらゆる種類の配送路の集合点になっているのはまちがいない。反重力シャフトがかれらの右手側だけでなく、ホールの反対側の奥にも設置されていることからも、そのことがうかがえる。

だが、トスタンの注意はむしろ、画面の下のほうにずらりと表示された輝くアイコンに向いていた。どうやら最近になって機能が復活したらしい。

かれはそのアイコンの多くを理解できるように感じた。

「奇蹟に奇蹟を重ねるんだ！」と、自分を鼓舞する。ポージーが振り向いてかれを見た。

「どんな奇蹟です？」

「画面上のアイコンだ。あれは気候帯や大気組成や、重力さえ異なるさまざまな場所をしめしている。どういうことかわかるか？」

「ええ、でも、理由がわかりません。混乱しますね。まるでここに多種多様な生命体がいるみたいです」

トスタンはひかえめに咳ばらいした。喉がからからなのは体調のせいばかりではない。飲み水が不足しているのだ。ＴＳＳの備蓄にはまだ手をつけたくなかった。

「宇宙飛行の黎明期に送りだされた、いわゆる〝世代宇宙船〟を知っているか？　われわれがいるのは、そんな宇宙船のなかじゃないだろうか？」

「そうかもしれません」ポージーがかろうじて聞こえる声でいう。「気をつけて！　近づいてくる物音がとまりました。あなたの声が大きすぎたんです。もう咳ばらいはしないでください」

トスタンは唾《つば》をのみこんで喉をうるおそうとした。音をたてないようにするのだが、うまくいかない。

ブラスターの発射音が聞こえた。その直後、ビームがつくりだした真空に空気が押しよせる破裂音がつづく。

ただ、その音は予想外の方向から聞こえてきた。ポージーが物音を聞いた、左方向からではない。

はげしくなった騒音に、くぐもった音が混じる。

爆発音のようだ。その反対側……ホールの壁にアーチ形の大きな穴があいた場所……に、火明かりも見える。熱せられた空気が爆風となってホールに流れこみ、いっきにひろがって気温を上昇させた。

トスタンがスヴォーン人になにか叫んだが、ポージーはすでに対応し、ヘルメットを閉じていた。テラナーも警告システムの反応を見て、TSSが適切に密閉されていることを確認する。

ヘルメットが磁気ホルダーにぱちんとはまり、気密状態になった。同時に空調が働きだす。

「通信テストだ、ちび。聞こえるか？」トスタンはヘルメット・テレカムで通信を試みた。

「問題ありません」と、ポージー。「あなたにはまったくもって驚かされますね、大きな友。あの轟音はなんだったんでしょう？」

「小競《こぜ》り合いになっているようだな。すくなくともふたつの、意見の異なる集団が争っているようだ」

「そうですね。でも、どうしてあそこで？　わたしが聞いた音はあんなに遠くありませんでした。左のほうからでしたたし」

トスタンは耳ざわりな音をたてた。笑い声だったようだ。

「あそこでだれかが陽動作戦を実行していることに、この細頸を賭けるぞ。銃声は印象的だが、ほんものじゃない。爆風が弱すぎるし、温度も低すぎる。こっちが本気の行動に出たら、通廊から白熱の嵐が襲ってくるだろう。周波数測定器を自動探査に切り替えてみろ。可能ならトランスレーター・システムに直接入力してもいい。ここが攻撃されたら、向こうでだれかが信号を発信するはず」

「あなたのとんでもない思考の経路はまったくもって理解不能です。どうしてそんな想像ができるんですか！」

「測定器を使うのか、使わないのか？　気が散るのは困るんだ、役たたず。いや、もういい！　くるぞ」

ギャラクティカーのトスタンは、異人の形態やよくわからない技術構造物を見ても、もう驚かなくなっていた。違っていて当然と思っているから。

だが、こんどばかりは悪態をつき、おさえた笑い声を漏らした。

「冗談じゃない！　あいつら、まともに歩けないのか」

そうとわかっても、射撃姿勢をとるのにためらいはない。かれは異エネルギーの影響を受けない、三倍の広角に拡張した光学照準器で狙いをつけた。

それで構造がはっきりした。見た目はたいらな板のようで、無数の回転球体で走行し、前端は滑らかに隆起して、そこに透明な風防がはまっている。推進力は回転球体自体がになっているようだ。

スヴォーン人が耳にしたのはその音だったらしい。

板状の乗り物には異生命体が乗っていた。異質な外観にもかかわらず、トスタンは見おぼえがあるような気がした。本能的な違和感をおぼえなかったのだ。まるまるとしたボールのような球状のからだからのびる短い脚では、優雅に移動することなどできないだろう。だからこその板状の滑走車輛なのだ。直立するよりも、からだに合わせた隆起部分に横たわるほうが好みらしい。

この奇妙な乗り物が二十台ほどホールを通過していく。ホール中央にある大きなコンソールをめざしているようだ。はるか遠く、ギャラクティカーの目のとどかないあたりでは、いまもさまざまな銃声が鳴りひびいている。

トスタンの左側にある一通廊から滑走車輛が次々とあらわれた。めざすのはホールの反対側の大きなハッチだ。トスタンはすでに、その象徴的な色彩に目をつけていた。ハッチの向こうにはべつの生存空間がひろがっているはず。

「突入しようとしてます！」ポージーがいった。「どういう戦術なのかわかりますか、友よ？」

「抜け目ないやつらだ、きみの考えているとおり！　滑走車輛の〝ボール腹〟たち、あそこに侵入しようとしている。一隊が開閉機構を操作し、べつの一隊がハッチを通過するという、ばかげた戦術だ。ハッチの向こうの住民は当然、配送ホールを監視しているはず。ボール腹たちはすぐに背後から熱い音楽を浴びせられるだろう。陽動作戦なんて意味がない」

「あなたはまったくもって傲慢です」ポージーが憤慨していう。「ほかにどうしろというんですか？」

「当然、まず外側監視用のカメラを破壊する。行動はそれからだ。しばらくはようすを見る。相手の目を奪えれば楽勝だからな」

状況はテラナーの予想どおりだった。ただ、防御側がこれほど大規模だとは思っていなかった。ボール腹の突入を阻《はば》もうとする側は、まさに仮借なかった。

鋼のハッチの上に固定された武器が火を噴く。トスタンは壁の銃眼から突きだしたらせん形の銃口に気づいた。かれの知らない武器にちがいない。

扇形にひろがるブルーの光が、油断していた攻撃者八体を一度にとらえた。かれらが装甲された開口部に飛びこむひまさえなく、そのからだが縮みはじめる。たちまちミイラ化した死体を見れば、その武器が生命体を対象にしたものなのは明らかだった。滑走車輛にはなんの損傷も生じていない。

ポージーがヘルメット・マイクロフォンに向かって恐怖の叫びをあげた。生体収縮銃の射手はなおも容赦しない。

なんの防御にもならない軽コンビネーション姿の球形生命体たちがあわてて後退する。悲鳴は生体収縮兵器の作動音にかき消された。

「どうにかしてください！」スヴォーン人が懇願する。「これは冷血な殺害です」

「ほかに選択肢のない種族の、正当防衛なのかもしれない。動機もわからないのに非難すべきじゃないだろう。手を出すな、キュウ公！　われわれには関係ないことだ」

「容赦ありませんね。全員、殺されてしまいますよ」

「かれらはどうして攻撃しているんだ？　完全武装して、真剣そのものだ。向こうにはべつの生命体がいるのに。きっと正気を失っているんだろう」

トスタンは油断しているスヴォーン人を掩体の陰に引きもどした。反対側の反重力リフトから、突然、べつの異生物が四名あらわれたのだ。

かれらは身長一メートル半くらい、からだは直径四十センチメートルほどのシリンダー形だった。

特徴的なのは胴体の下端にある二対の脚だ。うしろの一対が前よりも短く、このため下半身が五十度ほど後傾している。その上のシリンダー形の胴体は直立していた。

トスタンは急な頭痛に襲われた。あの生命体を知っている気がする。

「ばかどもめ!」かれは叫んだ。「着用しているのは防護服ではなく、虚栄心を満たすための、派手な色彩のマントだ。樹皮のような皮膚をかくしたいから。ポージー、かれらが通信に使っている周波数帯が知りたい。どうすればわかる?」

四名の異生物はボール腹の敵が死んだと思ったようだ。そうでなければ、反重力リフトから掩体もとらずに出てきたことの説明がつかない。

トスタンは光学照準器でかれらを見た。頸はなく、頭がじかに胴体につながっている。見た目はテラの魚類に似ていて、さらに記憶が刺激された。頭部のすぐ下から、触手がリング状に四本のびている。その先端は四つの足と同じような、敏感な把握指になっていた。

ポージーが測定器を調整する。突然、トスタンの予想どおりのことが起きた。自動制御された武器による攻撃では、つねにとりこぼしの可能性がある。今回もそうだった。無傷で生きのこったボール腹が三体いて、高エネルギー・ブラスターを発砲したのだ。かれらが〝胸〟にさげた箱形の装置がそれだった。ほかの動きと同じく照準も不安定で、鏡に反射した像を上から見おろして狙いをつけるため、すばやい攻撃は不可能だ。

それでもかれらは発砲した。魚類生物の三名が熱線に焼かれ、燃えあがる。

トスタンには三体のボール腹を攻撃する気はなかった。個人的な信条で、自分を直接攻撃してきていない相手には、なにもしないことにしている。

ヘルメット・スピーカーから轟音が流れた。パニックにおちいったような大声が耳を聾する。がらがら声の大音声《だいおんじょう》だが、いっていることはすべて理解できた。その合間にポージーの声がした。

「周波数をそっちに送りました！　プログラミングが調整してくれます」

トスタンはすぐさま異人に呼びかけた。

「こっちだ、マモシトゥ！　もうひとつの反重力リフトに向かえ！　ジグザグに走るんだ！　相手の狙いは不正確だ。マモシトゥ、わたしは友だ！　手を貸してやる」

トスタンは生きのこった三体のボール腹が乗る滑走車輛に照準を定めた。すばやく、集中して、三発の点射を三度くりかえす。相互結合弾が〝通常爆発〟で弾着。

弾丸は車輛前部の上部構造物に命中し、爆発した。三体は吹っ飛ばされ、それ以上の攻撃はできなくなる。

それでも負傷はしていないようで、出てきた通廊によろよろと姿を消した。ほぼ同時に、トスタンが〝マモシトゥ〟と呼んだ異生物がかくれ場に近づいてくる。

トスタンはそれを見て、一瞬考え、あらためて銃口をあげた。

ポージーは悲鳴をあげたが、テラナーが狙っているのが死の恐怖におびえて逃げてきた異生物ではなく、まだあの奇妙な致死性の武器の先端が突きだしている、装甲の隙間であることに気づいた。

三発の点射が二度、開口部を通過して、内部で爆発を起こした。重火器の旋回メカニズムの近くに弾着したようだ。火の粉が飛び散り、遅れて二度の爆発がつづき、大量の煙が噴出する。相互結合弾は、核融合反応がなくても充分な威力を発揮していた。

「なんてばかなことを！」ポージーの声が響いた。「友を得ようとしたんじゃないんですか？」

「そうとも」痩せこけた男はにやりとした。「だが、重火器をそのままにしておく気はない。それとも、きみには武器がこちらに向けられないという自信があるのか？　われわれには装甲もなにもないんだ。旋回機構を破壊したのはまったくの偶然だが」

トスタンは背筋をのばし、疲れてよろめいている異生物の上体をつかむと、壁の窪みのなかに引っ張りこんだ。

眼窩《がんか》から飛びだしそうな、大きすぎるふたつの半球形の目をのぞきこむ。あってないような頸の付け根の左右に、鰓《えら》状の開口部があった。その外部呼吸器が興奮でしきりに動き、笛のような音をたてている。

異生物は言葉を発することができないのだ。ただ、下半身をおおう衣服の外ポケットに入っていた装置はぶじだったので、トスタンは自分の言葉がほかの場所にいる者たちに通信機経由でとどくはずだと思った。

その考えにもとづいて行動にうつる。

「無謀だったな、マモシトゥ。わたしがあのボール腹を撃たなかったら、きみはいまごろ死んでいた。きみの仲間が生体収縮銃を使っても、助けられなかったろう。扇状ビームはきみも巻きこんでいたはず」

「左方向になにかを探知」ポージーがいった。「測定器が復活しました。二、三体います。ロボットです。武器の放射は確認できませんが、防御バリアと防御用武器はあるみたいです。まったくもって信じられません。この放射は……」

「なんの放射だ？」トスタンが性急に口をはさむ。

「かんたんな構造の反重力エンジンです。周波数曲線から見て、まちがいありません。反重力です！」

テラナーは即座に、たぶんかれの脳だけに可能な計画を立案した。重視したのは、探知されたロボットを有利なかたちで状況に組みこむことだ。

そのとき、シリンダー形の物体ふたつが目に入った。長さ五メートル、直径はごくちいさい。武器ホルスターのように見えるものはアンテナだろうと推測する。ポージーが測定した防御バリアは原始的な、四次元指向性の磁気シールドだ。テラナーの宇宙航行時代初期に見られたようなもの。それしか機能しなかったから。

トスタンは救助した異生物がパニック発作をくりかえしているのを見て、切り札を使うことにした。

「火炎破砕モードを使う！　伏せろ！」と、叫ぶ。

かれはおや指で相互結合銃をまさぐった。回転薬室に弾薬が送られ、自動装弾機構が発射装置の設定を変更する。

トスタンは瞬時に標的を定めた。かれが監視ゾンデと推測したロボット二体はホール内に浮遊して全身をさらしている。三体めはまだ大部分が連絡通廊にかくれていた。

テラナーは一発だけ発射した。それによってどんな地獄が現出するかはよくわかっている。それでも熱と圧力についての計算結果はポジティヴだった。

弾丸がゾンデ二体のあいだの床の上で爆発する。発生した火球は自然界で生じる恒星の核融合反応と同じように、まばゆく高温だった。

すぐに爆風が押しよせてくる。その一方、爆発音はさほどでもなかった。膨張するガスが無数の凹凸《おうとつ》のある壁面にぶつかって、散乱してしまうのだ。

トスタンはスヴォーン人を握りしめた。異生物は四本の腕でトスタンの脚にしがみつく。かれらはかくれ場のなかで翻弄《ほんろう》され、あちこちの壁にぶつかった。熱の影響は耐えられる範囲内だ。ホールがひろいので、すぐに拡散してしまったから。ただ、細長いゾンデが浮遊していた場所には、もうなにも存在しなかった。鋼の床は白熱して沸騰し、周辺部分から冷えはじめている。核融合で生じたTNT百キログラム相当のエネルギーは、世界を揺るがすほどではないものの、充分に印象的だった。

最後の反響音が消え、ホールの自動消火機構が氷のように冷たい空気を噴出して熱気を吸いだすと、テラナーの耳にポージーの声が聞こえた。

「まったくもって理解できません。あのロボットは無害でした。長い針を装備した医療ロボットを破壊したとき、あなたはわたしを叱責したじゃないですか。それなのに、どういうことです？」

「はじめたことは最後まででってことだ。きみはまだ知らないことがたくさんあるな、ちび。マモシトゥはわれわれに必要なものをすべて持っている。それを手に入れたいんだ。ただで狡猾《こうかつ》な相手からなにかを手に入れることはできないから、あと押しが必要なのさ。そのために、無害なゾンデを火炎破砕銃の餌食《えじき》にした。わかったか、ちび？」

「全然わかりません。まったく、このあわれな生物のようすを見てください！」

「死にはしないさ。われわれが救世主を演じる。それとも、飢えと渇きで死ぬほうがいいか？　掩護しろ！　大型の武器は無力化したが、ほかにもあるかもしれない。それと、わたしのじゃまをするなよ！」

トスタンはやけどを負った異生物を掩体の陰から引っ張りだした。そのさい、魚の頭をした男の装備には損傷がないことを確認する。

かれは相手によく見えるように壁の窪みの前に立ち、両手をあげて挨拶した。

「莫大な富の所有者であるギャンブラーのトスタンが、マモシトゥ種族の交易業者たちに告げる。わたしは豊かな利益を提供する見返りに、宿泊所と食事、それにきみたちの技術施設を利用する機会を要求する。ここにきみたちの負傷した仲間がいる。助けが必要だ。トスタンと話をするのはだれだ？」

ポージーは息をするのも忘れていた。相反する感情にさいなまれながら、魅せられたように友を見つめる。

友の行動は正しいのか？　多くの銀河で成功をおさめるには、こんなふうにふるまう必要があるのか？

ポージーの世界観がさらに崩壊したのは、ヘルメット・スピーカーから吠えるような声が聞こえてきたときだ。

「きみはわれわれを知っていて、われわれもきみを知っている。同じ言葉を話しているが、なぜそうなのかはだれも知らない。取引を提案するのか？」

「きみたちにもわたしにも大きな利益になる。わたしがためこんだ技術装置は第一級の財宝だが、それを見つけださなくてはならない。手伝ってくれたらいい稼ぎになるぞ」

「わたしはスルシュ＝トシュ、首席利益計算者だ。きみを知っている。名前も聞いたことがある。ギャンブラー・トスタン……？」

「そのとおり！　わたしは一度きみをだましたことがあるが、いつ、どこで、どうやったのかはおぼえていない。当時のきみはあまり腕がよくなかった、首席利益計算者」

ポージーは気を失いそうになった。恐怖のあまりすすり泣いたが、気にとめる者はいない。

ポージーの耳にとどいたのは不快な復讐の叫びではなく、折り重なった吠え声だった。しばらくしてようやく、多くの異生物の笑い声だったと気づく。テラナーに対する尊敬の念が跳ねあがった。

「ああ、きみのほうが上手《うわて》だった。わたしも多くはおぼえていない。ただ、きみはわがハッチの防御を破壊したな」

「それは弁償する」トスタンが平然と答える。「ビームの射程に入っていたせいだ。きみたちの友が負傷している」

「それはどうでもいい。かれのような計算のできないおろか者は、治療費を支払うことになるだけだ。貿易所番人の死体はだれがかたづける？　かれらはもう三度も、われわれのものを奪いにきたのだ」

「ロボット・サーヴィスはゆっくりと復旧している。もうすこし待つんだな、パートナー。もうそっちに行っていいか？」

「そばにいるちいさい生命体は何者だ？」

「ポージーはわたしの計算共生体で、財宝計数者だ。ちいさいが善良で、飲み食いする量もすくない」

「だれにも迷惑はかけないな？」

「腹痛を起こさないかぎりは。そういうことはまれだ。いつも口を開けている」

「友好的ということだな。われわれのデポにくるといい。ただし許可は暫定的で、なにも保証はできない」

トスタンは身をかがめ、スヴォーン人をポーチに押しこんだ。ポージーは深く傷ついて、すすり泣いている。

「なんという屈辱！　あなたを軽蔑します」

「人付き合いをおぼえることだな。口を開くのはマモシトゥの信頼の表現だ。口を閉じるのは疑念の表明であり、危険がある。共生体というのは名誉ある従者で、とりわけ、貴重なものを数えたり守ったりする者は尊敬される。適応したほうがいいぞ。上のハッチが開くようだ。わたしが腹のまるい連中の板状車輛よりかんたんに入れるのはわかっていたがな」

「まったくもって許しがたい！　ここにあるものはすべて許しがたいものです」と、ポージーがさえずる。「あなたを許すことができるかどうか、見てみます。注意深く、敬意をもって見てみることにします」

「ま、きみは〝計算共生体〟だからな。意志を強く持て、ちび！　口を開けて！　友好的にふるまうんだぞ」

8

首席利益計算者であり、五百名ほどのマモシトゥの指導者でもあるスルシュ＝トシュが、澄んだ水のなかから堂々と姿をあらわした。人工池の対岸にある岩の入江で種の保存につとめていたのだ。

マモシトゥは三性生殖する。スルシュ＝トシュは男性で、中性の中間体に自分の精子を託す。中間体から精子を受けとって妊娠する女性は生体計算によって決められる。マモシトゥのあいだでは、事前に成功が計算されないかぎり、なにも実行されない。

マモシトゥは遺伝的に貿易を熱烈に好む知性体だ。その思考経路は利益計算を特徴とするが、損失を許容しないわけではない。ときには充分に考えたうえで、二次的な利益の獲得を計算し、損失を甘受することもあった。

銀河全体の交易関係を考慮するなら、かれらは負け知らずだ。その自己理解は、取引相手に対する驚くべき誠実さを基盤にしている。だが、相手にも同様の態度を期待しているわけではない。

計算上、最初から気にいらない案件については冷たく無関心で、他者のビジネスが崩壊するのをじっと観察していたりする。慈善や同情、またそこから生じる援助といったものは、原則的に否定される。これもまた利益計算の結果だ。

ラトバー・トスタンはこの種族の特異性を驚くほど熟知していた。なぜそうなのかは、まだ記憶が開放されていない。ポージー・プースはかれ以上にわかっていなかった。トスタンはかれらの言語を理解できるが、密接につきあってはいなかったようだ。論理的に考えれば、そうしていても不思議はないはずなのだが。

記憶の欠落が障害になっている。トスタンがいつ、なんのためにこの宇宙船に乗りこんだのか、知っている者はいなかった。とはいえ、なにか理由があるはず。

マモシトゥの住む三つの大ホールと、それに付属する五つの小ホールを調査した結果、船の設計が充分な根拠にもとづいていることは推測できた。

トスタンの関心はとりわけ、壁の強度、筋交《すじか》いによる力学的補強、各区画の通行路の正確な測定などに向けられた。

中央接合点の力学設計、ひと目でわかるメイン・デッキの分割構造、またその静力学的結合配置を見れば、最終的にとてつもなく巨大な宇宙飛行物体を目的としていたことがわかる。

「確実にテラの《バジス》よりも大きい」トスタンがポージーにいった。「マモシトゥの区画で使われている物資の量だけ見ても、高圧電力と生命維持システムを自給自足するのに必要な資材が、通常の大きさの宇宙船の比じゃない。ここはとてつもない巨大船のなかだ」

スルシュ＝トシュはシリンダー形の胴体を色とりどりの鮮やかな布地でおおっていた。いまは直立した上体まで布をまとっている。深いグレイの樹皮状の皮膚を、すこし恥じているようだ。

トスタンは四本の脚の動きを観察した。脚は布にかくれておらず、薄い骨に支えられた皮膚が見えている。明らかに鰭《ひれ》が変化したものだ。マモシトゥは魚類から直接進化した生命体だった。

この宇宙船の設計者もそのことを知っていて、充分に考慮に入れているようだ。マモシトゥの三つの居住ホールには淡水がたっぷり用意されていて、泳ぎたいというかれらの欲求を満たしている。

人工的な植生は亜熱帯のものだ。ほんものの岩と土で丘陵地帯が再現され、まるで惑星上にいるような印象を受ける。ホールの上方に設置された人工恒星がその印象をさらに強めていた。

ポージーの分析も明確だ。慎重なデータ解析から得られた結論は疑念の余地がない。かれはその高性能なマイクロ装置を〝テクノプリンター〟と名づけている。

「構造上これほど快適な居住空間を享受できる生物は、計画にとってきわめて重要ということ。つまり、かれらはきわめて重要な種族だと評価できます。われわれが発見した被毛のある生命体は、もっとせまい場所に積みあげられて、深層睡眠状態でした。一方、マモシトゥの区画では贅沢が許されています。これにより、移動する質量の区画結合部や推力に不必要な負荷がかかることは、あなたのほうがわたしよりよく知っているはず。つまりマモシトゥは重要な存在で、この船は……ほんとうに船だとしたら……きわめて巨大なものだということになるでしょう。わたしは宇宙ステーションだと思いますが」

マモシトゥは両ギャラクティカーの分析に耳をそばだてていた。正鵠《せいこく》を射ている。二名は素人ではなく、専門家だ。かれらの話には説得力がある。

テラナーにはわかっていた。もし、この分析が不充分だったら、自分とポージーはとっくにこの楽園から追いだされていただろう。

トスタンは自分のクロノグラフが信用できず、あらたな計時システムを導入していた。実際に経過した時間を測定するため、睡眠と覚醒のサイクルを利用することにしたのだ。一日の肉体活動で体力の五十パーセントを使うと仮定し、ポージーの食事習慣も重要な指標となった。消化のリズムも計算に入れる。

トスタンはこの睡眠・覚醒・消化サイクルによる計時法をＳＷＶファクターと名づけた。これを三十回くりかえして、通常は狂うはずのないウラン時計が間違っていることとを確認した。

進み方が遅すぎるのだ。クロノグラフによれば半時間しか眠っていないはずなのに、実際には標準時で七、八時間は休んでいる。

いまがNGZ四三〇年の年末近くでないことは、疑問の余地がなかった。かなり大規模な時間膨張が起きているのはまちがいない。

ポージーの最新の分析結果は希望の持てるものだった。クロノグラフの動きがだんだん速くなっているのだ。

「通常時間への適応が進んでいるということ」テラナーはそう主張した。「どの程度進んでいるのかは、まだわからない。いずれにせよ、いいほうに向かっている。そのうちに高度な五次元性の装置類も動きだすだろう。重力中和装置と高エネルギー重層バリアが使えるようになるといいんだが。HÜバリアなしでこれ以上探査するのは、リスクが大きすぎる」

それが両ギャラクティカーの最新の認識だった。そこにいたるまでには多くの時間が費《つい》やされたが、その時間もマモシトゥは徹底的に計算している。時間もまた、かれらの利益計算の一部なのだ。

ポージーが目をさまし、友の腕のなかから抜けだした。ちいさな四本腕をのばし、キュウリに似たからだをヘビのようにうねらせてほぐす。

低い笑い声が聞こえ、かれはすぐに友のほうに顔を向けた。

「ああ、あなたも起きたんですね。すばらしい。ぐっすり眠れましたよ」

「それはよかった。おかげでわたしは腕がしびれている」トスタンはつぶやき、花をつけた低木の木陰で大きく伸びをした。

「それは申しわけないことをしました。許してもらえますか？」ポージーがうろたえて謝罪する。「これからは確実に、もっとよく気をつけるようにしますから」

「そうかしこまるなよ、ちび。あっちにわれらがスーパー計算者がいる。これで三十回めの睡眠時間が終わったところだ。こんどはなにをたずねてくると思う？」

「礼儀正しくやるでしょう」と、ポージー。「誠実で親切な悪党ですから」

トスタンは伸びをして、両腕をのばした。

「予感がするんだな！　わたしは楽園からの追放が礼儀正しかろうと不作法だろうとかまわない。きみは現実主義者になる気がないだろう？」

「ありませんよ！　現実主義者はいつだって冷酷な雰囲気をまとってて、なんとかそれをかくそうとしますから」

「おお、偉大なるマンモン、それはまたとんでもない解釈だ！　そこまで現実が見えていないなら、キュウ公、精神科医の治療を受けたほうがいいぞ。論理がすべてなんだ！　いますぐなにか思いつけ。わたしはまだ賭けに勝っていない。スルシュ＝トシュにできるのは、われわれを荒野に追放することだけだ。どうやってあいつをだましたのか、思いだせればいいんだが！　そうすれば、同じような手が使える。協力してくれ、ちび」

首席利益計算者がやってきた。半球形の黄色っぽい目に膜がかかったように見える。長らく水中にいて、まだ機能する鰓で呼吸していたようだ。

スルシュ＝トシュは両腕をあげ、荒々しい声で、かれらの種族の友情の挨拶をした。

「口が開かれていますように、パートナー・トスタン」

テラナーも同じように両手を肩の高さまであげ、同じ儀式をくりかえした。

「口が開かれていますように、パートナー・スルシュ＝トシュ。見たところ、リフレッシュしてきたようだな」

マモシトゥはからだをかたむけ、脚を引きよせ、なかばすわったような、なかば寝そべったような姿勢をとった。

「香り高い苔《こけ》のクッションを堪能してくれ」と、スルシュ＝トシュ。

トスタンは堂々と腰をおろし、脚を組んだ。ポージーがかれの左足に、快適そうに身をよせる。

「きみの共生体は従順だな」首席利益計算者がいった。吠えるような口調には、慣れるしかないのだろう。「計算評議会はきみの分析に満足している。利益計算上、これで飲食費と宿泊費は清算された。空気と良好な環境については、さらに割引を適用したい」

「心から感謝します」ポージーがいい、ちいさな四本の腕を振った。

トスタンが自分の気づいたことを認識するのに、一瞬の間があった。驚いて、まじまじとスヴォーン人を見つめる。

「信じられない！　きみの腕には肘関節がふたつあるんだな！　だから曲がったプロペラみたいに腕がまわせるのか」

ポージーは甲高い声をあげた。

「いまごろ気づいたんですか？　それはなんとも……」

「狂人が腐ったキュウリをなにがなんでも新鮮にたもとうとするみたいに、ずっと全身をおおいっぱなしだったからだ」テラナーがにやにやしながら言葉をさえぎる。「ちび、ほんとうに、いままで見たことがなかったんだ」

「せめてすばらしいホストに理解できない言葉でいってください」ポージーがさらに抗議した。

そのあとの言葉は計算者の笑い声にかき消された。ただ、スルシュ＝トシュはこの場面を本来とは異なる文脈で理解していた。かれの本質に沿ったかたちで。

「おもしろすぎて、ビジネスの話からそれてしまったな」と、なおも笑いながらいう。「きみたちの発想はすばらしい。だが、きみたちを道化《どうけ》だとは思っていない。ギャンブラー・トスタン、きみには財宝の品質を証明してもらわなくてはならない。賭けをしたのだから。期限はもうきていて、信用貸しは認められない」

このマモシトゥがどれほど本気なのか、トスタン以上に知っている者はいない。ポージーはいまも、かれが説明したとおり、〝友同士のじゃれ合い〟と思っているようだ。もちろんそうではない！

「そこは信用してもらいたいな。わたしの研究作業はきみや評議会に尊重されるべきだ。わたしがきたことで、わかっていることが増えたわけだろう」

「その対価は支払った。きみたちはここに三十日逗留して、ぶじに生きのびられたのだから」

「きみたちの商品倉庫をとりもどすための、よくできた計画がある」不安をおぼえたトスタンが主張する。「ボール腹が占拠して、好き勝手にしているところだ」

「商品は貴重だが、食べることはできない。きみの提案は筋が通らない。すべてがきみの計算どおりに正常化すれば、われわれはなんの損害もなく倉庫ホールに入れるようになるはず。きみが〝ボール腹〟と呼ぶ貿易所番人は原始的だが、肉体は強靭で、荷物の積みおろしに必要だ。どうせ自分のものになる商品を、どうして購入しようと思うはずがある？　ギャンブラー、わたしが期待しているのは証拠だ。きみが所持しているものの品質の高さは認めている。ただ……どれだけの量があるのだ？」

「わたしのデポは大きい。探すのを手伝ってくれたら……中身を共有できる」

「けっこう。だが、まず、ほかにどんなものがあるのか証明してもらいたい。高性能マシンでも、きみたちの種族の贅沢な消費財でもないという。どんなものなんだ？」

トスタンは内心で、こんな賭けをしたことに悪態をついた。ほかのやりようもあったのに、またしてもギャンブラーの本能のままに行動してしまった。

「だからいったのに！」ポージーが非難がましくささえずる。

「わたしの計算は間違っていない」テラナーはつぶやき、あらためてマモシトゥに向きなおった。「きみの計算でも、われわれがきみたちの備蓄食糧を消費する量はきわめてちいさいはず」

「そのとおりだ、ギャンブラー・トスタン。だが、どんなにちいさくても、不要な損失は認められない。きみはリスク要因なのだ」

ポージーが急に背筋をのばした。細長いからだが緊張している。かれは簡潔に挨拶すると、その場を辞した。

ポージーがかれらのために用意された、パイプを組んだ円形住居のなかに姿を消すと、テラナーはちびの鋭敏な耳がまたしても、ほかの者には聞こえない音をとらえたのではないかと思った。

トスタンは自分の直感を信じ、友がもどってくるまでしずかに待つよう要請した。

スルシュ＝トシュは礼儀正しく要請に応じた。ポージーは〝悪党〟だというが、かれはけっして邪悪な取引相手ではない。身についた習慣を捨てられないだけだ。ポージーはすぐにもどってきた。

「わたしのハイパーカムが作動しました！」と、息を切らしていう。「聞こえませんでしたか？　ハイパーカムが、送信準備ができたっていったんです。アラームを設定しておいたので」

トスタンは大きく口を開けた。マモシトゥはそれに気づき、好意的な、ほっとした表情になった。このギャンブラーはりっぱなパートナーで、知性も高い。首席利益計算者を一度はだましたのだから、相当な実力者だ……そんなふうに思っているのだろう。

トスタンは喉の奥から、ほとんどマモシトゥのような荒々しい笑い声をあげた。ポージーはトスタンがＴＳＳの下に着用している軽コンビネーションのズボンの裾《すそ》を懸命に引っ張った。胸の部分には一万ソラー紙幣の精巧な映像が輝いている。ギャラクスが一般的になる前に流通していた通貨だ。

「ハイパー機器のひとつが、利用可能だと報告してきたってことか？」トスタンが確認する。「そうなんだな、キュウ公？」

「だからそういってます」スヴォーン人が憤然と応じた。「わたしの言葉はホワルゴニウムより重いんです」

「それなら信じられるな。スルシュ＝トシュ、睡眠時間がもう一度経過したら、きみのもとめる証拠が手に入る。賭けの内容を確認しよう。それでいいな？　きわめて重要な、あらたな側面がある」

「きみにとってはそうなのだろう。わたしの計算はもう終わっている。きみは良質な最終消費者ではない。支払いをしないのだから」

四本脚で立ちあがり、上体を起こす。話をしているあいだにマモシトゥの聴衆が百名ほど集まっていた。

「どっかに行ってください」スヴォーン人がすすり泣く。「むきだしの金属の荒野にほうりだされた気分です。なんてひどいことを！」

トスタンは最後の切り札を使った。口は大きく開いたままだ。

「では、これから起きることとの証拠として、ちょっとした秘密を明かそう。わたしはきみが夢でしか見ることのできないものを持っている。数十億の最終消費者のための製品だ」

かれはかつて、緊迫した状況下で上の入れ歯を舌で押しだしたことがあった。今回は下の入れ歯も同様にする。麻薬で死滅したかれの体組織は、細胞分裂を制御して歯を再生する通常の療法を受けつけなかったのだ。

マモシトゥは魅せられたように、大きすぎる黄ばんだ歯を見つめた。トスタンの骨張った手が上下の入れ歯を持ってかちかちと打ち鳴らす。

「ギャンブラー・トスタンは消費者が望むものをなんでも提供する。わたしの種族には、とりはずしのできる歯をなんとしても手に入れたいと思っている者が数十億は存在する。きみにその販売権をあたえよう」

首席利益計算者は開いた口から先細りの白っぽい舌を突きだした。口のなかに鋭く尖った歯列が見える。

「その計算は間違っている。わたしは自前の歯を手ばなしたいと思わない」

「きみはそうかもしれないが」トスタンはさらに緊張して交渉をつづける。「テラナーの見方はまったく違うんだ。太陽系ではわたしの同族数十億人が、とりはずせる歯を心待ちにしている。それを使うことではじめて官能のよろこびを堪能できるから。この歯で半メートルはなれたところから共生体のキュウリ形生命体をかじって、かれらの反応を観察するんだ。ほら、やってみせよう。キュウリ形生命体がよろこべば、われわれ、エクスタシーを味わえる」

トスタンが入れ歯を近づけると、ポージーは恐怖の悲鳴をあげた。

「じっとしていられないのか！」テラナーがささやく。「うっとりしているふりをしろ！　嚙まれるのはキュウリ形生命体のよろこびなんだ。くそ、よろこべったら！」

ポージーはこのうえない絶望を感じながら、よろこんでいるふりをした。トスタンが何度も入れ歯で嚙みつく。ポージーの屈辱はかれの眼中にないようだ。

「官能に訴えるのはつねにいい売上の計算を保証する。もう一回の睡眠時間を提供する。そのあと証拠を見せてもらおう。取引成立だ」スルシュ＝トシュが簡潔にいった。

かれが行ってしまうと、トスタンは柔らかい苔のクッションにぐったりと沈みこんだ。口が開かれていますように、ギャンブラー」

「あとで話があります」と、スヴォーン人。「こんな恥知らずなあつかいを受けたのは、生まれてはじめてです」

「きみはわたしと知り合って間がないからな」と、トスタン。「入れ歯を返してくれないか？　それとも、持っていたいのか？　計算者をうまくだませてなかったら、自分の頸に嚙みついてやるよ」

9

ラトバー・トスタンは通常の睡眠時間を短縮せざるをえなかった。多くのことが起きすぎたのだ。

ハイパーカムが復旧したというポージー・プースの報告のあと、数時間後にはトスタンの〝正常化理論〟が確認された。

それでもかれの予想にくらべると、重力中和装置が使えるようになるまで、時間がかかりすぎていた。

多事多難だった〝官能のデモンストレーション〟の五時間後、それまで使えなかったマモシトゥたちの多面モニター・スクリーンが復活した。そのすぐあとには計算コンピュータも動きだす。ただ、使えるのは通常のポジトロニクスで作動する機能だけだ。プシオン駆動の回路はまだ反応しない。トスタンのシントロン・バッテリーも同様だった。最重要データはかくされたままだ。

超光速のハイパー通信が復活したのにシントロニクス装置がまだ使えない理由を考え、

原因はシントロン専用のエネルギー供給にあると推測。たぶん記憶バンクが消失したのだろうが、正確なところは判断できなかった。

トスタンの記憶の欠落はさらに埋まっていった。強制的な深層睡眠のあと、《ツナミ31》と《ツナミ32》の艦長になったことも思いだした。

NGZ四三〇年十月、極秘任務でM‐33におもむき、超光速飛行中にグリゴロフ層が制御不能になって崩壊したのだ。

グリゴロフ層の崩壊のさいに実際のところなにが起きたのかは、推測の域を出ない。いずれにせよトスタンは、自分がまだ生きていて、航行目的のはっきりしない巨大宇宙船のなかにいることを明確に自覚した。

ただ、全体的な状況は不明瞭だ。事故後の出来ごとを思いだそうとすると、とたんに記憶がそれを拒みはじめるから。

実際に時間が膨張しているという当初の仮説はすでに放棄していた。それでは充分に説明がつかない。

いまやかれは、自分が未知のプシオン力によって、受け入れ準備のできた対極の船内つまりこの宇宙船に投げこまれたのだと考えていた。ただ、その船は確実性によって限局された蓋然性にしたがい、膨大にひろがるプシオン性迷走放射の領域内を動きまわっている。その膨大なひろがりのなかでは、ストレンジネス定数の変化が生じる可能性があった。

装置類が徐々に適応していくのは、変化した正常値におのずと同調していくからだと考えられる。もし時間膨張の結果だとするなら、もっとよく知られた要素が関わってくるはず。

そのため、トスタンは不意討ちにそなえていた。とはいえ、証拠をしめすことができなければ、あらゆる策がかれに不利に働くことになる。

＊

SWVファクターの計測で一日が過ぎようとしていた。マモシトゥは全員が大きな池の近くに集まっている。だれもが無言だ。トスタンにはかれらの考えていることがはっきりとわかった。岩場を流れる水を通して水底を見るように。

ポージーはクロノグラフを見つめていた。表示される時間の進み方がどんどん速くなっていく。正常化が進んでいるのだ。

トスタンは首席利益計算者に挨拶した。まだあきらめてはいない。

「口が開かれていますように、パートナー・スルシュ＝トシュ。あることが起きるのを待っているところだ」

「開かれていますように、ギャンブラー・トスタン」計算者がしきたりどおりに応じる。

「われわれも待っている」

「まったくもってひどい話です」ポージーがインターコスモでつぶやいた。

「気をつけろ、キュウ公！　トランスレーターがいつ機能を回復するかわからないんだ」

「ありえません！　交易業者は売買はしても、生産には関与しないようですね。トランスレーターは高機能な装置です。さっき調べましたけど、作動してませんでした。銀河系のすべてにかけて、なにを待ってるんですか、大きな友？　せめてわたしには教えておいてください」

「教えない。うまくいかなかった場合、なんてばかなことをしたんだって目できみに見られたくはないから」

「わたしがあなたをばかにできないのは不公平です」

トスタンの死人のような顔は動かない。かれはときどきＴＳＳに目をやった。特製セランは入念に点検され、いつでも使用できる状態だ。ポージーも決定的な状況に対応する準備はできている。

スルシュ＝トシュが進みでた。トスタンはかれに、自分たちを正式に追いだすと宣告して決着をつけるチャンスをあたえたくなかった。どうせ失うものはなにもない。トスタンはいかにもかれらしく、ブラッフで対応した。時間を稼ぐ必要がある。さもないとおしまいだ。

「たのみがある、パートナー。ホールの監視映像に注目していてくれ。きみのために火炎破砕銃でゾンデ二台を無力化した配分拠点だ。ああしなければ侵入されていただろう」

「それはもうすんだ話だ」と、計算者。見るからに不機嫌そうだ。つねに開いていた口が閉じていき、軟骨の唇が歯列をおおった。

「気をつけて！」と、ポージー。意外と平然としている。

甲高い咆哮のような音がホールの天井にかくされたスピーカーから流れた。マモシトゥの警報音はかれらの音声構造にもとづいてつくられている。

トスタンは耳をそばだて、頭をめぐらせた。

「警報です！」ポージーがさえずる。「外からまたボール腹たちが攻めてきたんでしょう。われわれ、ここで役にたつことをしめせれば、認めてもらえるかもしれません。まったくもってまちがいなく」

「そうは思わない。そもそも、ボール腹の滑走車輛じゃない」

驚いたことに、マモシトゥたちはまったく興奮していない。ハッチの前の見張りはすでに警報発令時の指示を受けていたようだ。テラナーは首席利益計算者に力を貸すのを断念した。危険な武器とみなされている相互結合銃を手にするのは避けたかったから。

映像が表示されるのを待つ。ディスプレイはひろい居住ホールのなかの、ドーム形の中央建造物に設置されていた。

「未知の物体が反重力リフトから出てこようとしています。エアロック・ハッチの前に到達しました。脅威は感知されていません」

トスタンは内心で快哉《かいさい》を叫んだ。スルシュ＝トシュがじっとかれを見つめている。

「なにかいうことはあるか、ギャンブラー・トスタン？　きみの時間は終わった」

「いいや、はじまったばかりだ。ハッチを開け。あれが証拠だ。わたしを信じろ、パートナー」

スルシュ＝トシュは決断が早い。内側ハッチが音もなく閉じると、エアロック内の物体をカメラがとらえた。

ポージーが驚きの声をあげる。

「装備品のコンテナ！　まったくもって考えてませんでした」

「わたしは考えていた。反重力装置が作動したら、コンテナも動きだすと予言しなかったか？　脳パターンの追尾感知機はまだ作動してないようだが、赤外線遅延探知機と個体種別芳香検知器は動いている。いいか、キュウ公……わたしは自分のにおいをだいじにしてきたんだ！　シュプールの確認がむずかしい、反重力リフトのなかでさえ」

ポージーは突然、消化をととのえるというトスタンの行為にもべつの目的があったことを悟り、恥ずかしそうに友を見あげた。

「ああ、そういうことですか！　あなたはまったくもって、なんとも抜け目がない」

「そうとも」トスタンはにやりとして、ホール内に浮遊してくるコンテナに心底うれしそうな視線を向けた。

今回の賭けには大きなリスクがあった。大型の浮遊コンテナは、攻撃を受けたらひとたまりもない。

二メートル近いコンテナがトスタンの足もとの植物の上に着地した。反重力装置の作動音が消える。

「きみの技術は卓越しているな、ギャンブラー」首席利益計算者がいった。「なにが入っている？」

「きみが見たこともないものだ」

トスタンは柔軟性のあるコンテナの特製の内蓋に、楽しそうに手をかけた。中身はまるでマモシトゥの要望を予想していたかのような、厳選した品々だ。いずれにしても入れたはずのものだったのだろうか？　わけのわからないことが起きる前から、この快適なホールをめざしていたのか？

そうとしか思えない。そこから判断して、かれはこの交易種族の情報をあらかじめ知っていたのだろう。

手早く用意されたテーブルの上に品物をならべる。

「あらゆる商品の販売に活用できる、超光速作動のシントロン制御計算機。すぐに動くようになるはずだ。必要に応じて、わたしの共生体が新しい完全プログラミングを提供する。全種類の積載作業を、従来技術の装置二台ぶんの千倍の効率で実行できる。このマイクロ反重力装置は、小型飛翔体を十万光年の範囲内で自律的に着陸させることができる。またこれは……」

トスタンはすばらしい品物を次々と紹介した。いくつかは未検証のプロトタイプだったが、銀河系の詐欺師は歯牙《しが》にもかけない。

二時間におよぶ考慮と検証のすえ、マモシトゥたちは計算を終えた。すべてテラナーにとってポジティヴな内容だった。

トスタンはすぐさま自分の希望を述べはじめた。

「わたしの売り場は船の後部にある。転送機か、すくなくとも高速搬送ベルトが復旧したら、すぐにそこに向かうことになる。だが、そのためには多くの種族の勢力圏を横切らなくてはならず、当面、この方法は適切ではない」

「その計算論理は妥当だろう」スルシュ＝トシュが好意的にいう。「では、どうする？」

「われわれの生存空間を確保しつつ、きみが教えてくれた制御センターに突入する」

「そのためには、われわれの商品店舗を横切らなくてはならない。制御センター自体の警備も厳重だ」

「きみなら警備を手薄にできるだろう。まず、いまいるポジションを知りたい。そのためには船外映像のほか、アクティヴ探知機とパッシヴ探知機が必要だ。通常作動時ですくなくとも二十ギガワットの、変調機能のあるハイパー通信機も不可欠だろう。それがないと同族とコンタクトできない。きみたちの船には測定ステーションとリレー・ステーションがそこらじゅうにあるはず。せめてそれを使わせてもらいたい！　わたしが知っている宙域さえ見つかれば、ポージーが超高度ハイパー周波数の集束ビームを発信できる。報告は要約も暗号化もせず、歴史的なモールス信号に似た平文で送信する。強くきわだたせた衝撃インパルスは、音声信号よりもはるかに明瞭に伝わるから。映像の添付を考える必要はない。きみのステーション反応炉でそれだけの出力が得られるか？」

「どうだろうな。実現可能性は八十二パーセント」

「充分だ。必要に応じて刺激してやればいい。変調機はそれに合わせて調整する。これで準備はできた。あとは戦闘経験のある、腕のいい技術者が六名必要だ。協力者を探してくれ」

「わたしも同行する」スルシュ＝トシュが冷静に宣言した。「場合によっては後継者を計算しなくてはならない。だが、われわれはなによりも交易業者だ。われわれの知識は使用説明書で学んだものにすぎない。設計者ではないから」

「そこはわれわれにまかせてもらいたい。わたしの共生体は釣り針からハイパートロン吸引装置をつくりだせるし、わたしはきみたちの家屋の破片から遠距離宇宙船を建造できる。準備しておいてくれ」

「それはいささかひかえめで、同時に大げさじゃありませんか？」ポージーが慎重に口をはさむ。「大きな友、わたしは心配です」

「心配なだけか？」トスタンが反発するようにいう。「わたしはきみについてなにか話すたびに、不安で胃がねじ切れそうになる。わたしの奇蹟の装置のいくつかは、がらくた寸前の失敗作だ。そんながらくたをどうしてコンテナに詰めたのか、知っているのは悪魔くらいだろう。どうやらだれかを大々的にだましたかったらしい。ま、とにかく待とう。トスタンはいつだって逃げ道を見つける。いまはとにかく現在ポジションを知りたい。わたしの記憶脳には銀河系内の座標が大量に入っている。ちらりと外をのぞければ、なにかわかることもあるだろう。行動にそなえておけよ、キュウ公！」

10

ラトバー・トスタンの古代武器による数発の警告射撃で、ボール腹生物五体は逃げていった。威力が噂になっているにちがいない。

テラナーは巨大なホールに蓄えられたマモシトゥの商品の山を見て、ほとんど茫然となった。これだけあれば一惑星の住民全員を救えるだろう。商品の種類は多岐にわたり、その多くはあまりに異質で、パターンにあてはめることさえできなかった。

どことなくかれの世界観に合わない気がしたが、いまはそんなことをいっている場合ではない。

巨大な貨物用ハッチには復旧した反重力積載機と配送用斜路があり、目的地が近いことをしめしていた。トスタンはふと思いついたことがあった。船の設計者なら、必然的に考えるはずのことだ。

ポージー・プースとスルシュ＝トシュはかれのすぐそばにいる。ほかにもマモシトゥが五体、かれの右側に集まっていた。全員が防護服を着用しているが、マモシトゥの装備はＴＳＳにくらべ、あらゆる面で劣っていた。

ヘルメットは開いている。念のため、当面テレカムの使用は禁止していた。

「キュウ公、大量の貨物と多数の生命体を運ぶ宇宙船を設計するとしたら……倉庫区画と貨物の積載・搬送口をどんなふうに配置する？」

スヴォーン人が足早に近づいてきた。ＴＳＳの飛翔機能が回復したので、自力で移動している。

「たぶん、もちろん、いま見ているあたりに配置します。乗客はずっと内部ですね」

「そのとおり！　貨物は船の中心部ではなく、外殻に近い空間に積載する。巨大なマシンを数キロメートル、内部や上部に運ぶ手間を考えれば。つまり、われわれがいるのは船の外殻に近いほうだ。おもしろくなってきた」

スルシュ＝トシュはたるんだ皮膚のような把握指のあるふたつの手を振って同意をしめした。のこるふたつの手で生体収縮銃をかまえている。かれらは熱線銃を持っていない。そのため非有機体の敵には無力だ。トスタンには理解できなかった。かれは首席利益計算者に強力なブラスターをわたそうとしたが、銃把《じゅうは》がマモシトゥの手には適さなかった。

「ちゃんとした武器を用意する！」トスタンはそう約束していた。「その武器では限界があると、いずれ思い知るはず」

やがてはるか前方の店舗から巨大なロボットが浮上した。貨物移送用の特殊マシンだ。スルシュ＝トシュが心配いらないと手振りで合図した。

飛翔装置を使って長い斜路を進むと、突きあたりに大きなハッチが見えてきた。

「どこに通じているんだ？」と、テラナー。

「貨物の配送のための準備区画だ、ギャンブラー。そこからは回路ステーションにかんたんにアクセスできる」

「本来の目的は？」

「荷役作業はすべてそこから操作される。ハイパーカムは内部の業務通信用だ」

かれらは人員用のちいさなハッチを使い、店舗の鋼の仕切りを通過した。トスタンとポージーと計算者が最初にエアロックを抜ける。ほかのマモシトゥ五名は掩護にまわったが、トスタンにはそれがいかにも不要な行動に思えた。

ひろいホールがかれらを迎えた。多数の反重力装置がならんでいて、そこがたしかにあちこちの店舗に向かうための分配拠点であることをしめしている。

トスタンは床まで降下して飛翔装置のスイッチを切り、円形の装甲ハッチに疑いの目を向けた。ハッチの上には赤いマークが輝いている。もうなんなのかわかっているので、とまどうことはない。

「防御装置があるはず。信号をコード化したインパルス発信機はないのか？」

首席利益計算者はいくつもあるポケットのひとつから棒状の装置をとりだした。

トスタンがヘルメットを閉じるよう指示する。

「本能が警告している。ポージー、HÜバリアを展開しろ。スルシュ＝トシュ、わたしのうしろで高エネルギー・バリアの防御範囲内に入って合図を待て。ポージー、円形ハッチの左右にあるふたつのふくらみに注目するんだ。あれが武器ポッドでないとしたら、わたしはもう二度と……」

計算者が合図も待たずに開扉インパルスをはなった。同時に後続のマモシトゥ五名がエアロックから出てきて、ゆっくりと近づいてくる。

「身をかくせ！」トスタンは叫んだ。だが、かれらはテレカムを切っていたし、いずれにしてもまにあわなかった。

武器ポッドから銃口が突きだし、ブルーの光が五名の交易商をとらえる。かれらはたちまちミイラ化した。

トスタンとポージーは同時に発砲した。スヴォーン人の細いエネルギー・ビームはちいさな一部を赤熱《せきねつ》させただけだったが、トスタンの相互結合銃の威力は大きい。かれは武器ポッドをふたつとも破壊したものの、そのあと爆風に吹き飛ばされ、積載マシンにたたきつけられた。

白熱した火球がふたつ生じ、鋼の破片がホールじゅうに飛び散った。爆風は壁でぶつ

かって跳ねかえり、スルシュ＝トシュは滑らかな床の上に投げだされて、斜路の下の部分に衝突した
轟音が徐々に消えて熱波がおさまると、トスタンは計算者に駆けよった。かれはなんなく起きあがる。トスタンはHÜバリアを切って、

「ばかめ！」と、マモシトゥをどなりつけた。「合図を待てといわなかったか？　きみの仲間は死ぬ必要などなかった」

「かれらの不注意だ」計算者は反論し、自分のからだを触った。「どうしてこんなことに？　インパルスは正しかったはず」

トスタンはヘルメットを開いた。よぶんな空気が音をたてて噴きだす。ポージーはまだ防御態勢を解かなかった。

「ハッチは勝手に開いたんです！」ポージーがテレカムごしにわめく。その声がトスタンのヘルメット・スピーカーから響いた。「開扉メカニズムは武器回路とは独立してました。それなのに、開くと同時に発砲してきたんです」

「なぜだろう？」テラナーは考えこんだ。「まちがいなくなかに入る資格のある知性体に、なぜ発砲した？　なぜだ？」

「防衛システムがまだ完全に作動してなくて、IDを認識しそこなったとか？」スヴォーン人が自信なさそうにいう。

「論外だ！　原始的な装置はすでに完動していた。プログラミングを変更しないかぎり、ああはならない。この船のほんとうの指揮官たちが最近になって、かれらの許可なくきみの制御センターに立ち入ることに異議を唱えはじめたんだ、スルシュ＝トシュ」

「ありえない！　ほんとうの指揮官たちだと？　きみの計算は……」

「……正しい、と認めるんだな。支配・被支配関係はいつでもどこにでも存在することを知るべきだ。自分たちがここのチーフだと思わないほうがいい。たしかに、きみたちは例外的に特権を認められている。だが、けっして真の権力者じゃないんだ！　わたしはとにかく外を一瞥《いちべつ》して、通信機が過熱するまで送信をつづける。ポージー、HÜバリアを最大出力にして、あたりを見てまわり、テレカムで報告しろ！　わたしはきみが皮をむかれないように気を配る」

ちびは訓練がむだではなかったことを証明した。閃光のようにすばやく、開いたハッチの向こうに姿を消したのだ。

「エアロックになっているか？」と、トスタンがたずねる。

「いいえ。まったくもって驚きです。重要な設備なら減圧にそなえておくはずですが」

「その話はあとでいい。どんなようすだ？」

「小型だけど精密。とてつもなく精密ですね。損傷はなさそうです。ロボットもいないし、固定式の防御機構もありません」

「これはどういうことか？」トスタンは考えを口に出した。「そこには交易業者が大量の商品を運びこむから、装置類にはかんたんにアクセスできるほうがいい。そのため、エアロックも存在しない。急いでいるとき、内扉と外扉が開くのを毎回待つのは面倒だから。よし、キュウ公、そっちに行く。なかの気温はどんなもんだ？」

「ふつうにもどってます。空調ステーションが動きだしたんでしょう。ヘルメットを開いてもいいですか？　まったくもって圧迫感がひどくて」

＊

反応炉は小型だが高出力で、陽子線のパルス放射の原理で稼働する。テラナーは同じようなものをシュヴァルツシルト反応炉で実現していた。

エネルギー出力はハイパーカムによる消費量に依拠するが、荷役装置が平均を上まわるエネルギーを必要とする場合、一時的に倍加することができる。

船内のほかのすべてと同じく、配置はよく考えられていて、第一級といっていい。

操作回路はすべてポジトロニクス制御で、信頼性も高かった。

銀河系内交易の生命線ともいえるハイパーカムは、透明な装甲壁に隔てられた隣接する空間に設置されている。反応炉とハイパーカムを接続する高エネルギー伝導フィールドは、古い設計のテラの船にあってもおかしくない。これもまた堅牢なものだった。

通常エネルギーをハイパー高周波で利用できるようにする変換機は、この通信室でもっともかさばる装置だった。トスタンにとっては当然のことだ。専用の荷役回路に関しては、宇宙船の設計者はあえて高度技術の使用を避けたように思えた。船内のほかの回路についてもたしかに同じ傾向が見られる。

多面モニターはテラの船にあったとしても違和感がない。ポージーはまずこのスイッチを入れた。

マモシトゥが使っている空間をはじめ、船内の区画すべてがうつしだされる。

ポージーとトスタンはその機器以外のものは使ったことがないかのように、夢遊病者のような確信を持ってスイッチを操作した。テラナーははっきりと、自分がこの技術を熟知していることを認識した。そうとしか考えられない。なんのために、という部分は不明だが。

「なぜかわからないが、かつてわれわれ、ここで歓迎されたらしい、キュウ公」トスタンがいった。「すくなくとも異言語を習得し、異質な技術をあつかえるようになっていた。基本的にはわれわれの技術と大差ないものだが。さ、映像ゲインを調整するんだ」

ポージーが指示にしたがう。結果は驚くべきものだった……トスタンにとって！

かれは多面モニターの前に立ち、散在する光の染みのなかから見おぼえのあるものを探しだそうと躍起になった。長いこと映像を見つめたあと、とうとうかれはぼそりとこういった。

「ちいさな友、どうやらここは銀河間空間らしい。ここから見える銀河は知らないものばかりだ。教えてくれ、ちび。ここはどこだ?」

ポージーのちいさな顔にはかれの気分が反映していた。

「泣きたいくらいです、大きな友」と、あわれな声でいう。「このなかに、われわれが事故にあったM－33はありません。これからどうします?」

トスタンはからだに合わない回転シートに腰をおろした。首席利益計算者の体形にはぴったりだが。マモシトゥは気分は沈んでいるようで、ひと言も口をきかない。強がってはいても、仲間の死がこたえているのだろう。

ポージーがパッシヴ探知機のスイッチを入れた。通常はほかのステーションや肉体が発する振動を感知する装置だが、雑音ばかりでなにも探知できない。このあたりにメタグラヴ船や通信可能なステーションは存在しないということ。

トスタンはあらためてじっくりと映像を見つめたが、遺伝子改変された脳の記憶部分にも、合致するデータは見いだせなかった。

「パートナー計算者、入ってきたハッチを閉じてくれ。できれば奇襲は受けたくない。念のためだ。ポージー……」

スヴォーン人ははっとなって、トスタンが鼻先に突きつけた白いフォリオを見た。

「これは完成したプログラミングでも、プシオン性の高速入力メディアでもない。わたしが文字を手書きした、ごくふつうのプラスティックのフォリオだ。文章を読んで、昔のモールス符号を使ったインパルスに変換し、自動送信機に入力して、準備ができたら送信ボタンを押せ。指向性アンテナは休止状態でいい。どこに向ければいいかわからないから、無指向で送信する。ということはつまり、出力は最大にするってことだ。そうしないとだれの耳にもとどかないから。外にはハイパーエネルギー嵐の前線がある。それを突破しなくちゃならない。そのためには強力で鋭いインパルスが要求される。すべてのメッセージを十回くりかえして送信するんだ。かかれ、ちび！」

ポージーはトスタンが書いたメッセージを読んだ。その一節に、甲高い笑い声をあげる。

「ああ、これはあなたを古いUSOステーションで見つける前にも受けとりました」

「〝ドク・ホリデイ〟というのは歴史的に有名なギャンブラーで、アルコール依存症だった。わたしのことを知っている者なら、これでだれだかわかるはず。まさかここに原稿を読んだだけでわかる者がいるとは思わなかったが。送信機が壊れるまで、くりかえし送信しろ。出力を極限まであげて」

「まったくもってすべてを危険にさらしますね」ポージーが文句をいう。

「それがわたしのやり方だ。はじめろ、ちび！」

11

まちがいなくギャラクティカムの指導的科学者であるジェフリー・アベル・ワリンジャーは、心おだやかでいられなかった。

花の香が漂う、散歩したくなるような暖かい夜だ。

眠れないまま起きあがったワリンジャーは、あらためて巨大複合ラボに向かった。

時刻は深夜三時。星系名にもなっている白い恒星ムールガが山々の上に昇ってくるまで、まだ数時間ある。

ワリンジャーは実験棟に足を踏み入れ、ちらりと外を見た。広大な南方洋につながるベンダ海の銀色にきらめく波の美しさも、かれの目には入らない。

この蒸し暑い夜、ムールガ星系第四惑星サバルにあるネットウォーカーの大規模拠点ハゴンには、いつもほど光があふれてはいなかった。

そのことにもワリンジャーは気づかない。ここ数週間、ネットウォーカーたちの明白な失敗のことで頭がいっぱいなのだ。〝丸太〟に突入するためあらたに開発したストレンジネス・シールドが、期待どおりの性能を発揮しなかったから。

調査のために送りだした旧式ロボットのダニエルは〝丸太〟に到着したが、得られた測定結果はごくわずかだった……ワリンジャーがいまだに分類できない、あるファクターをのぞいて。

送りだした宇宙間ゾンデの多くは〝丸太〟から帰還せず、完全に破壊されてしまったものもある。

ただ、ひとつだけ、ほかとは異なる損傷を受けたものがあった。ワリンジャーはダニエルの測定データとそのゾンデの損傷を照合してみることを思いついた。

結果は驚くべきものだったが、あまりにもありえないことだったため、ワリンジャーは多数の同僚科学者のうち、ひとりだけに示唆《しさ》をあたえるにとどめた。

ひろいホールもいまは閑散としている。どこにでもいる監視ロボットが個体インパルスを確認し、かれを通過させた。

隣接する建物には研究センターの内部ハイパーカムが設置されている。ワリンジャーはこの大規模設備を通じて、充分な距離から〝丸太〟を監視する任務についている艦船の乗員とつねにコンタクトをとっていた。すでに知られているストレンジネス適合の増大というファクターをのぞけば、世界を震撼《しんかん》させるような知見はとくに存在しない。

巨大構造物は秒速八千キロメートルの慣性航行でアブサンタ＝シャド銀河の中心に向

かっている。つまり、ドリフェル・ゲートからは遠ざかりつづけているということ。

ワリンジャーはいつもどおり、中央計算機の陰の回転シートに腰をおろした。そこから研究センターのすべてを制御しているのだ。

最新の解析結果はコンソールの反対側にある壁一面のスクリーンに表示される。原始的なロボットのとらえた映像はぼやけていて粗かった。画像を処理してみても、ふたつの異なる姿があること以外、なにもわからない。そのあたりが技術的な限界だ。

奇妙な損傷を受けた宇宙間ゾンデによる映像は多少ましだが、そちらも銀河系に由来するらしい生命体二名の存在がわかるだけだった。

片方はかなり大柄な、やつれたテラナーと思われる。もうひとりは小柄で、たぶんスヴォーン人だろう。どちらも防護服を着用している。

ゾンデ前部の溶けた痕跡は武器によるものらしい。かろうじて測定できる放射性物質の存在は、ゾンデが核融合反応にさらされたことをしめしていた。とっくにすたれた核技術によるものにちがいない。

映像を消そうとしたとき、ハイパーカムのブザーが鳴った。ワリンジャーが受諾インパルスを送ると、表示が自動的に中央スクリーンに切り替わった。準ヒューマノイド一名の姿があらわれる。

「〝丸太〟監視船《マラボ》より、サバルのワリンジャー・センター。奇妙な通信を傍受しました。ハイパー周波帯で、はげしく妨害され、音声言語ではありません。送信元はまちがいなく〃丸太〃で、ごく弱い出力です。聞こえますか？」

ワリンジャーははっとなった。心臓の鼓動音が喉もとで聞こえるような気がする。

「ワリンジャーより〃丸太〃監視船《マラボ》、聞こえている。その通信の内容は？」

「じつに奇妙です。空白で区切られた点と線の集まりで構成され、何度もくりかえされています。プシオン嵐の前線を突破してここまでとどいたのは奇蹟といっていいでしょう」

「点と線？」ワリンジャーが問いかえす。胸の鼓動がさらに高まった。「変調されていない、短い記号とやや長い記号の組み合わせということか？」

「そうです、ジェフリー。意味がわかりません。興味はありますか？」

「あるとも！」ワリンジャーは興奮して叫んだ。「ただちに記録して、なにひとつ見落とすな！　雑音ひとつさえ重要だ」

受信した信号が研究ステーションの大型シントロン・コンピュータにとりこまれると、ワリンジャーはそれを一プログラミングに読みこませた。これを知っているのはかれとペリー・ローダン、それにたぶんアトランくらいのものだろう。かつて太陽系艦隊で数百年にわたり、緊急時の連絡手段として使われた変形モールス符号だ。

この基本データをシントロニクスに解析させる。

入力から二秒で結果が表示された。ワリンジャーはとっくに画面を文字表示に切り替えている。

「平文。システムは旧帝国時代の艦隊コードによる変形モールス符号。基本データにもとづいて検証・修正しました。典型的な長短インパルス。〝丸太〟の放射に吸収されて消失したインパルスは、くりかえされた送信十回ぶんを使って補完しています。既存の比較インパルスを空白部分に挿入して、意味内容を補正しました。インターコスモの文法にしたがって統計処理と論理的補足処理を実行し、文章を整型。元テキストは以下のとおり。〝ドク・ホリデイ……ローリン計画……ÜDKホワルゴニウム……レプソの任務……テケナーのツナミ教育……NGZ四二九年終了……NGZ四三〇年十月グリゴロフ事故……《ツナミ32》……救助……ラトバー・トスタン……艦長……ポージー・プース……スヴォーン人……ココ判読者〟

テキスト終了。結果評価。信頼性係数は百パーセントです」

ワリンジャーは大画面にうつしだされた文章を何度も読みかえした。記憶が急速によみがえってくる。

「ローリン計画……」無意識のうちに、そうつぶやいていた。「なんたること、失われたホワルゴニウムを手配したあのギャンブル中毒者だ。アトランのいう詐欺師か。だが、そんなことはありえない！」

ワリンジャーは全体警報を発した。古いデータを記憶している、利用可能なすべてのコンピュータが、この最新の研究施設の制御下に入る。ペリー・ローダンもワリンジャー・センターに姿を見せた。

陽が昇るころ、結論が出た。

「《ツナミ32》の艦長ラトバー・トスタン、およびそのココ判読者でスヴォーン人のポージー・プースが、〝丸太〟の内部にいます」ワリンジャーが報告する。「M-33で起きたグリゴロフ事故は、僚艦の《ツナミ31》の証言によれば、NGZ四三〇年十月末のこと。いまはNGZ四四六年四月二十三日です。想像してみてください！　トスタンは十五年半もたってから、場所もあろうに〝丸太〟の内部から連絡してきたんです。あの男のことをどう考えるべきか、わかりますか？」

ローダンは状況を理解しようとつとめた。

「たぶん本人が認めているよりましなのだろう。そうでなければ、テケナーがかれにツナミ艦のペアをまかせるはずがない。USOの新造コルヴェットをギャンブルで失っただけでなく、銀河系最悪の麻薬から自力で抜けだした男だ。ある意味、驚嘆に値いする。とてつもなく有能で、すぐれた宇宙心理学者で、すばらしい技術科学者でもある。かれを前にしたら、潜在的な敵は顔面蒼白だ。われわれ、今後も〝丸太〟を監視しながら、主導権はトスタンにまかせよう。なんとかして連絡をつけてもらいたい。われわれに報告がとどいていることをかれが知れば、〝丸太〟の問題は解決したも同然だ」

ワリンジャーはローダンがいなくなったあとも長いこと施設内にとどまった。頭はすでに働きだし、いくつかの計画もかたまっている。通信メッセージがこちらにとどいただけでなく、きちんと分析もされたことを、どうやってトスタンに伝えればいい？

ワリンジャーはただちにこの問題にとりくむことにした。自分が消息不明になっているという重荷から解放されれば、トスタンは思うぞんぶん活動することができ、すぐになんらかの報告をしてくるにちがいない。

「ハイパー通信はとどかないだろう」ワリンジャーはひとりごちた。「探査ゾンデではかれを見つけられない。だが、かれに外を見ることができるなら、目立つ花火を打ちあげることはできる。ふむ……ＵＳＯには特殊な信号グループがあったな！　やってみるか」

あとがきにかえて

嶋田洋一

新型コロナ感染症COVID‐19の、オミクロン株の陽性者が爆発的に増えている。情報も錯綜していて、重症化しにくく、ワクチン接種率も上がっていることから、ほぼ風邪のようなものという楽観論から、時間がかかるだけで重症化はするし、ワクチンの効果も限定的で、まったく油断できないという慎重論まであって、何を信じればいいのか迷ってしまう。

ただの風邪だとしても感染しないに越したことはないので、外出時にはマスクは着け、帰宅したら石鹸で手を洗い、鼻洗浄（鼻うがい）も励行しつつ、外で人と会う回数は徐々に増やしているのが現状だ。

直接の知人にはまだ陽性者は出ていないが、知人の家族などの中には隔離されてホテルに缶詰になる者も出てきている。明日はわが身かもしれない。

訳者略歴　1956年生，1979年静岡大学人文学部卒，英米文学翻訳家　訳書『暗黒空間突入』ヴルチェク&マール，『ネットウォーカー』ヴルチェク&マール、ヴルチェク（以上早川書房刊），『巨星』ワッツ他多数

HM=Hayakawa Mystery
SF=Science Fiction
JA=Japanese Author
NV=Novel
NF=Nonfiction
FT=Fantasy

宇宙英雄ローダン・シリーズ〈660〉

銀河《ぎんが》ギャンブラー

〈SF2359〉

二〇二二年三月　十　日　印刷
二〇二二年三月十五日　発行

（定価はカバーに表示してあります）

著　者　ペーター・グリーゼ　K・H・シェール
訳　者　嶋《しま》田《だ》洋《よう》一《いち》
発行者　早　川　　浩
発行所　株式会社　早川書房

郵便番号　一〇一 - 〇〇四六
東京都千代田区神田多町二ノ二
電話　〇三 - 三二五二 - 三一一一
振替　〇〇一六〇 - 三 - 四七七九九
https://www.hayakawa-online.co.jp

乱丁・落丁本は小社制作部宛お送り下さい。
送料小社負担にてお取りかえいたします。

印刷・信毎書籍印刷株式会社　製本・株式会社川島製本所
Printed and bound in Japan
ISBN978-4-15-012359-8 C0197